女人
一思考

陈希米 ——

著

中信出版集团｜北京

图书在版编目（CIP）数据

女人—思考 / 陈希米著. -- 北京：中信出版社，
2023.2
ISBN 978-7-5217-4884-0

Ⅰ.①女… Ⅱ.①陈… Ⅲ.①长篇小说—中国—当代
Ⅳ.①I247.5

中国版本图书馆CIP数据核字（2022）第199974号

女人—思考

著　　者：陈希米
出版发行：中信出版集团股份有限公司
　　　　　（北京市朝阳区东三环北路27号嘉铭中心　邮编　100020）
承 印 者：嘉业印刷（天津）有限公司

开　　本：880mm×1230mm　1/32　印　　张：6.5　字　　数：110千字
版　　次：2023年2月第1版　　　　印　　次：2023年2月第1次印刷
书　　号：ISBN 978-7-5217-4884-0
定　　价：58.00元

版权所有·侵权必究
如有印刷、装订问题，本公司负责调换。
服务热线：400-600-8099
投稿邮箱：author@citicpub.com

目录

◆

1 肋骨　　　　　　　　003
2 例外　　　　　　　　008
3 荒谬　　　　　　　　013
4 陶尔和卓丫　　　　　019
5 重复　　　　　　　　027
6 那个光影斑驳的午后　036
7 袒露一切　　　　　　039
8 模仿　　　　　　　　046

9	马里安巴	053
10	舞	060
11	谈话	064
12	理解	072
13	鲁滨孙	077
14	海德格尔致阿伦特	086
15	深奥之下降	097
16	辨认	103
17	正义的出处	106
18	黑色	107
19	经验	115
20	高峰	124

◆ ─────────────

21 脸　　　　　　131

22 发现身体　　　134

23 你　　　　　　139

24 闺密时刻　　　142

25 哀悼现场　　　148

26 重逢　　　　　153

27 边界　　　　　159

28 分类法　　　　164

◆ ─────────────

29 希望岛　　　　175

30 梦见做梦的陶尔　181

31 留言　　　　　186

32 梦的意志　　　191

33 醒来　　　　　196

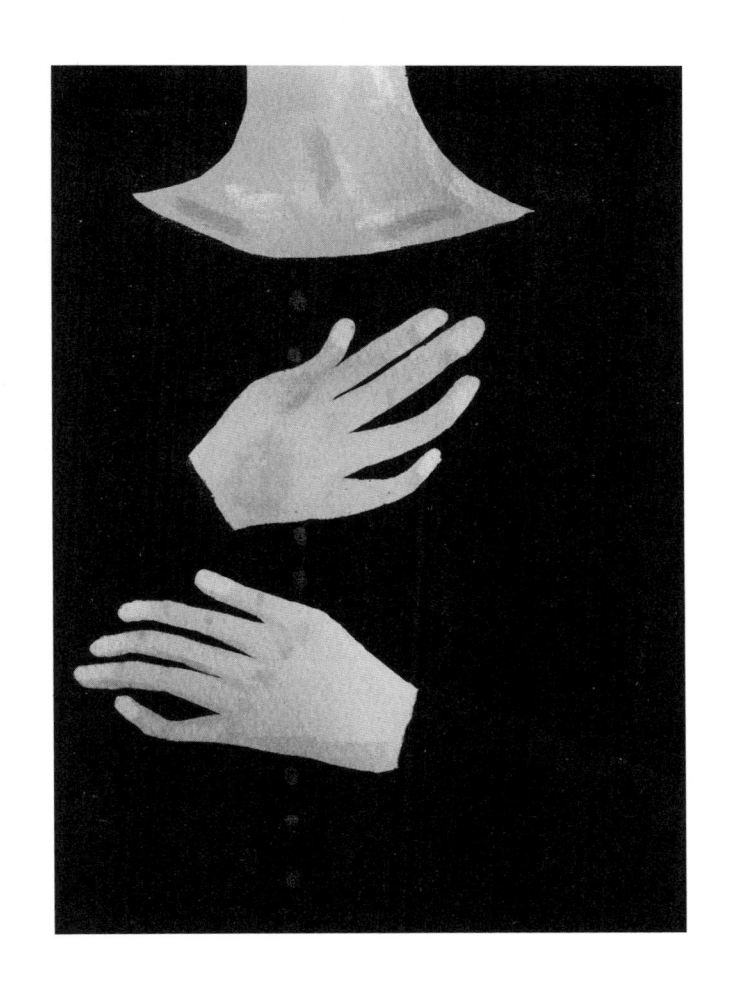

— 她已经没有任何神秘可言。她已经不需要再说什么,什么都已经被说,被身体的动作说过了,被臂膀与长腿、被眼睛与嘴唇、被脸说过了,被冷漠和激烈地说过了,被美丽或丑陋地说过了。

1 肋骨

《旧约》里说，上帝先用尘土造了男人亚当，又在亚当沉睡的时候，取了他身上的一根肋骨，造了女人。据此，我们除了知道男人与女人出世的先后，还种下深深印象：女人是男人的一部分，或者直接说，女人是男人身上的一根肋骨，就如后来我们说，孩子是母亲身上掉下来的一块肉。

世界上的人只分两种，男人与女人。男人与女人一对一可以生下孩子，显得均衡、对称，好似男女平分着世界，共担着世界。然而从《旧约》说的起源看，一个在先，一个在后，一个很大是全部，一个很小是局部，一个整体，一个部分，其差异的意义怎么估计都不过分。

仅仅意识到这些还不够，还有一个问题：为什么是肋骨？既然一部分可以生成另一个整体，那么心脏行不行，眼睛行不行，脑袋行不行？据说真有人这么想过问过[1]，但

1　参见张晓梅《旧约笔记》，上海人民出版社，2009年版。

被否定了。其思路是，如果是头，她会太骄傲；如果是眼，她会过于好奇；如果是心，会多疑猜忌；是嘴或耳，会多口舌是非；是手，就会索取无度；是脚，则游荡成性。好吧，这种否定的前提都是，那个等待被造出来的女人不管有了什么能力，都只有行恶的方向。这种指向的逻辑值得好好追究，留待以后吧。至少现在，一时还看不出肋骨具备什么恶的萌芽。

为什么是肋骨，还或许因为，自然亚当不能没有头，不能没有心或没有眼睛没有耳朵，没有脚或手，但是，缺一根肋骨却无碍，这个解释好一点吗？想起我有一个极其坚韧的婶婶，肋骨断了两根竟不觉知，只是默默忍着疼痛，一直都没有就医，家人也没发现，她也坚持照常起居看护老小。直到几年后做透视检查时才发现旧伤的痕迹，断掉的肋骨已经错位并且长好。她说她疼过，但忍一忍（那种疼痛只有这个婶婶才能忍得住！）就过去了。这让我知道，肋骨在生命机能中，不占重要的位置。那么，亚当拿出一根也无妨？

如果亚当被拿掉了一根肋骨，那肯定就少了一根，但既然是第一人，谁又知道少是什么意思，跟谁比是少？也许上帝造人，本来就多一根肋骨，以备造女人。但总之，女人这生物来自男人的一部分，由这一部分所造，这个认知在这里没有出圈。

所以，想象亚当"原先"什么样，在没有被拿掉什么之前什么样，并不是什么奇怪的思路。那个阿里斯托芬关于爱欲的喜剧[1]的起点就是此类思路之一，他的设想是，从前的人都有四只手四只脚，两张脸，两套生殖器……像一个圆桶吧，后来，上帝下手一切两半，那一个圆筒般的人，就成了两个人，一人一张脸，一人一套生殖器，一人两只手两条腿……如果原先那个"桶"是阴阳皆备的，就是说，其拥有的两套生殖器一套是雄性另一套是雌性（否则可能是两套皆雄或两套皆雌），被切之后就变成了一个男人和一个女人（否则是两个男人或两个女人），就像我们现在看到的人，并且这两个人会永远想念曾经同为一个身体的岁月。虽然阿里斯托芬要说的是爱欲的起源，而且显然，阿里斯托芬说的也不是第一人，但从中我们看到了另一个可能的、"之前的"亚当。

于是，各种可能的"之前"来了。比如，有人假设亚当被拿掉的是胸侧，就是性征的另一个主要部分，两个乳房，即整个前胸——既然上帝有法子用亚当的任一部分造就夏娃，那么就选前胸吧——夏娃是亚当身上的前胸造的，这个假设在见过了上面的思路之后，已经显得不突兀。这个假设既使得亚当还符合我们现在看到的模样，也

---

[1] 参见《柏拉图四书》，刘小枫译，生活・读书・新知三联书店，2015年版。

使亚当的累赘少些。把硕大的胸部给了女人,更便于男人做体力劳动,并且减少一点性欲,好留些精力做别的事,世界上的事儿可太多了。这个假设,或者说这个对《旧约》里亚当与夏娃之间关系做"小小修改"的版本是法国作家图尼埃的[1],当然,作家为了自己小说的逻辑做的肆意修改不可当真。

不过,既然我们可以拿一个理论或者假设当真,以至于付诸社会实践,以至于让历史翻天覆地,为什么不可以也拿某种假设、某个故事当一回真,那里面或许还真的隐藏着什么深奥呢。如果在思绪中产生的秩序被称为一种内在秩序,那么我总是倾向于相信,内在秩序一般总是可以找到它的外在对应,就像形式逻辑的结论有望在物理世界找到它的物质表象一样。

那么,稍稍当真一下图尼埃的假设,问题马上就来了,选前胸,也就是说选的全部都是性器官,那不就要担心女人淫逸无度了吗?不知道图尼埃是历经过与女人的沧桑还是仅仅出于聪慧的逻辑智识才做出此种假设,图尼埃笔下的虚构女人当然不能作为其假设的证明。

但是,德国哲学家魏宁格作为研究男女素质差异的专家,他通过一项调查研究发现:女性总是时时具有性欲,

---

[1] 参见米歇尔·图尼埃《桤木王》,许钧译,安徽文艺出版社,1994年版。

而男性只是间歇性地具有性欲。女人的性本能时刻都是活跃的，而男人的性本能却时常处于休止状态。据此，魏宁格有一个断言："女人的性欲遍布女人的全身，而男人则是部分身体存在性欲……"[1] 令人惊讶或者欣喜的是，就如同为了给图尼埃做佐证，这正好吻合了图尼埃关于女人是由男人的胸部造就的这个假设，可不是，如果女人是拿男人的前胸做的，那么她整个身体都是性器官，当然性欲遍布、处处皆是，且时时活跃。这相当于说，魏宁格研究的断言可以作为事实来支持图尼埃的假设。

虽然我们清楚，比起物理学或者自然科学，社会科学的结论更不能覆盖某类现象的全部，更别说与上述说法相反的女人的例子比比皆是。无论怎样多的样本量和研究方法得出的结论对每一个个体来说都没有意义。不管如何倾向于认同此种假设和断言，现实中，我们绝不可能因为一个人是女人而断定她时时性欲活跃。

但我们，我们女人，依然可以据此小小地对自己幽默一下。如果我们把图尼埃的假说与魏宁格的说法对应起来，是不是就找到了放纵自己的理由？我们女人，不再标榜爱情至上的光荣，也不要道德的旗帜，我们女人生来就是爱情至上。爱情至上是说，其他，比如国家社稷，比如

---

[1] 引自奥托·魏宁格《性与性格》，肖聿译，中国社会科学出版社，2006年版。下同。

光荣与梦想，比如奥秘与信仰，无论什么，都比不上对另一个男人的爱——狭隘的爱。因为她的生理结构决定了她时时刻刻都在"爱"，她没有闲暇啊！

2 例外

女友俪，就笑我一派胡言。

女友钦则认真地说，男女之不同，要算最粗犷的分类，是任何一种划分的第一步吧。当我们把一个人归到某种类型中的时候，我们就以为认识了这个人。把自己认作某种类型人的时候，都是释然的时刻，因为那类型，是早就定好的。进入类型，有点像被归属，也有点像找到了归属。然而事实上，每一种类型都只是截取了人身上的一部分特征，把具有近似特征的人归为一类是退而求其次，这一部分终究不是一个人的全部，一个人如果带了他的全部特点来参加类型划分，那么最终的结果就是，每一个人都占有一个类，类型划分必将失败。

钦总是那么较真，不过说得对。

我们当然知道，任何类型都是以点带面，更何况例外无穷无尽，令人吃惊的人——古往今来，从今往后——实际上是无穷多的。任何人都可能是任何一种类型的例外，如果你觉得他例外，那么他就是例外。事实上，当一个人使劲地去做一个个体时，就很难进入已有的分类，他就可能成了例外。

对例外之人，不能一类一类地认识，要一个一个地认识。

说到例外，想起从安东尼奥尼那里读到的一句话，他说那是康拉德喜欢的格言，是一个叫山谬的苏格兰作家说的，他说："一个人只认识讲理或有教养的人并不算认识人，只能说对人一知半解。"[1] 这话我们读到有时会忽略，想想又忽觉触目惊心。往往，一条格言需要经过好几个人才能来到我们面前，就像一个人，有时需要经过好几本书才能走进我们心里。就像魏宁格的调查研究与图尼埃的假设，终于有一天，会跟阿里斯托芬和造物主连上，联系总是让我们欣喜。一本书引出另一本书，一个人带出另一个人。这句格言带出的是一个叫陶尔的男人，他是安东尼奥尼写的一个电影故事里的男人。

这里我们可以把陶尔的故事再讲一遍。

陶尔是一个五十来岁的悉尼富商，人到中年，过着

---

[1] 引自安东尼奥尼《一个导演的故事》，林淑琴译，广西师范大学出版社，2003年版。

一种安静的中产阶级的成人生活，做生意认真无误，受人尊敬。富有，但不在乎富有，他像是有家室的那种男人，但其实没有成家。他的男性气概，更多地用在了海上和船上。

在一个毫无征兆的、日常的早晨，陶尔忽然觉得周围的世界了无生趣，陈腐而无力，他忽然非常渴望海洋，于是陶尔决定出海。这突然的决定，或许是他想有一个在社会规范和地位之外的假期，或许仅仅是因为前一天他解雇了三名水手这个人生小障碍给了他一个刺激。但关键是，他没有去专业的船员介绍所找船员，而是到码头上，在码头的贫民窟游荡，找了三个最不像水手的人。这种行为着实是暧昧难明。其中一个竟然年龄高达七十岁，那个人看起来不仅精明，有着神秘和王公般的表情，还像一个没落的贵族，背后跟着几个世纪的岁月；下一个有着嘲弄的表情，是个强者，喜欢冒险；另一个，则像那两个人的奴仆。这三个船员，与陶尔之前所熟悉的船员的言谈举止、动作表情全然不同。可那天的陶尔却认为，能够从这种不同中获取某种经验是上天赐给他的好运。这三个人在船上，不仅做的事与航海无关，甚至与常识也无关。但是有一点，他们很快嗅出了陶尔这个人的气味，于是贸然破坏之前商定的薪水价格，提出的要求高得离谱。陶尔或许是急于出海，或许是觉得，认识一下不道德和卑鄙也颇有教益，再则，陶尔感觉到，那三个恶棍吐出的毒气和健康的海洋空气混合得那么好，这让他感到某种安慰，他的领悟或许来自他读过的书，陶尔喜欢康拉德，康拉德喜欢的一句格言是："一个人只认识讲理或有教养的人并不算认识人，只能说对人一知半解。"

但是陶尔低估了卑鄙和愚蠢的力量。在入夜之后的暴风雨爆发时，那三个人不仅不能胜任船员的工作，甚至连站都站不稳，只是紧紧抓住栏杆，他们生气、诅咒暴风雨、侮辱、愤怒于陶尔，把陶尔这个游艇的主人当作了不义的象征。这让陶尔察觉到自己陷入了荒谬和险境。于是他把这三个人拘扣在甲板下，拴紧舱门，自己去修理引擎的电力系统。可当他修理完毕，正在松懈之时，却发现那三个人竟从舱门里正要走上甲板。陶尔，这个游艇的主人，此时明白，如果被这三个人看见，他们会毫不犹豫地把他丢给鲨鱼，然后说他失踪了，用他的船来走私，再把船弄沉。于是陶尔偷偷摸摸地绕着船身躲了起来。接下来的白天和黑夜，是陶尔与那三个人的"周旋"，陶尔躲在船首的甲板下，夜里才跑出来到冰箱里拿食物和水，再把相同的量放进去，他当然知道补给在哪里放着。那三个人，始终没有看见陶尔，径直在厨房里、餐厅里，还有太阳下打盹，并且毫无焦虑的迹象，也不管游艇之外发生了什么，至于陶尔，他们甚至都没想过找一找，比起这三个人对这艘船的篡取并把他驱逐到角落里，这种对他的毫无刻意的忽略，更令陶尔感到仿佛自己才是暂时栖身此处的人，他竟产生了嫉妒的愤慨。

船身常常莫名其妙地调转方向，说明操纵方向盘的人随性又笨拙。而如此生死攸关之事，在那三个人看来似乎并不重要。走运的是，终于在一个黄昏，这条随波逐流的船被一艘渔船拖上了岸，在一个陶尔不认识的港口，一个遥远可怕的码头。

远远地在船上，陶尔看到码头上聚集着看热闹的人围着这三个生还者，他们正在享受他们一生中真正唯一光荣的一刻。陶尔忽然明白，自己总是过分严肃地在意生命里的每件事，不曾以嘲讽来面对命运，于是，他的脸上露出了对自己的笑。

等到陶尔下船时已经是深夜，在荒凉的码头上只有一家汽车旅馆，陶尔走进去，知道那三个人也一定住在这里，并且这个时候肯定睡得烂死。陶尔没有打电话设法买机票或者叫人来接他回家，他连觉都不想睡，他想做的竟是：把他和那三个人共享的生活再延续一晚。

想象一下"那三个人"又遇见他时的表情，陶尔又笑了。

3 荒谬

这个故事，被安东尼奥尼命名为"海上的四个男人"，可见他不光是为了写陶尔，他写的是四个男人：陶尔与那三个奇葩恶船员。

在我们几个女人的聊天中，常常出现陶尔的名字，仿佛他跟我们聊过那一段，仿佛他是我们的一个熟人，更仿佛我们很理解他似的，甚至把他编进了我们自己的故事。因为他不是任何一个我们共同认识的男人，却是我们共同熟悉的男人。

有时我们还会觉得，好像我们跟陶尔一起经历了这次荒唐。

看起来荒唐起于那天早晨，其实，真正的起点在头天晚上，在"昨夜"。夜，才是所有念头的开端。在进行了一整天的酝酿，一整天的积蓄，沮丧和无聊，以及好几天，好几个月，甚至于好几年的一成不变之后，在那个晚上，那个深夜，陶尔的荒唐起步了，那个时候还不能叫荒唐，那个时候很像激情，一股暗涌，一种隐隐的快感，他还不确定是什么。是戳穿，或者摧毁？不是，是创造，是一种被激励的冲动。好吧，待明天，就是一个新的开端，如此，陶尔倒是睡了一个最安稳的觉。

陶尔的命运在于，当晨曦的微光透过窗帘的时刻，那个开端仍旧在，因为他睡得太好，没有任何覆盖和波动，那个开端依旧，如发酵完成，正整装待发等着他。他的那个开端并没有像许多人，以及他的无数过往一样，在夜里发端，却在清晨，不是被一夜的乱梦抵消，就是被翻来覆去的失眠干扰，而荡然无存。

陶尔故意没有按照正常逻辑去该去的地方找船员，而是去了码头的贫民窟，他随意地，仿佛飘在决定之上让决定无所适从，他要像掷骰子般地找几个偶然中选的人做他的船员，那个暗涌的、破坏的东西在蠢蠢欲动，他似乎很喜欢这样。

他是故意的，他被那个暗涌冲昏了头，就像一个未知的游戏在吸引他。要是有人质疑他、提醒他，反而会提高他的兴致，变本加厉也未可。

他有点沾沾自喜。陶尔是笃定的，不是因为他有熟练的驾船技能，当然这一点也必须，也毫无疑问，而是因为他自己都不明了的自信：他以为他可以驾驭"比他低"的人。要说什么人性丰富之类说，陶尔听得多了，谁没听过呢。只有当你面对一个实在的经验，你才知道这意味着什么。康拉德喜欢的那句格言，会在数千万次的经验之后被再一次真心朗读，那样的朗读有时真是饱含血泪，即使如陶尔——全身而退者，再来读，心中的感慨也是无穷无尽的。

说陶尔在码头刻意找的是最不像水手的人，也是夸张，事实上，他甚至都没有记住他们的脸，他的重点在于随便。要到后来，那三个人的脸才真正刻进他的脑海，他之前是患有脸盲症的，不到非常熟悉的程度，他永远记不住人家的脸。很多人将此怪罪于他的骄傲，那不是骄傲，那是症状；但他又确是骄傲的，没有特质的脸，没有意味的脸，没有与一个姓名密切相关的脸，没有与特定时间、地点、事件相关的脸，又如何被记住呢？

不过后来陶尔记住的仍旧不是三个名字，而是一个名字：那三个人。因为如此诡异，那三个人仿佛组合成一个结构：一个首领般狡诈，一个冒险而野蛮，一个又如奴仆般地顺从。他们三个都浑浑噩噩，对厄运只有诅咒，对卑鄙与恶毫无意识，人类的理性在他们看来竟至于荒谬，因为对他们而言，没有荒谬一说。说他们是一类人，是陶尔心里的划分，说他们浑浑噩噩的是陶尔，他们每个人自个儿其实是"自由自在"的。他们仨都既不担心陶尔暗中算计，也不担心陶尔死了。这个组合，以它的"自在"，以它的自然的恶与自然的无动于衷，榨取了陶尔也放过了陶尔。

细想那三个人，他们难道一丝一毫也没发现陶尔不在了吗？一个人是物质的存在，不会倏忽不见，不见活人也见尸首。那么是什么原因使得他们没有去找一找陶尔呢？

如果说第三个人如奴仆，就只是跟着那两个人，他们不去找，他也不找；那么第二个人，说他有些蛮，是不是脑子不太够用的意思，就是头脑简单，也许想过一下，如果不立刻行动，就滑过去了；那第一个人呢，不是年纪很大吗，该是懂得陶尔的存在至少可能对他们有某种威胁吧？那么，他或许其实知道陶尔一直都在，并且甚至看见了他，但故作无视，只要不影响到他们即可，但是那随波逐流的船、大海上的危险他也无视吗？他也像陶尔一样想试试命运？

据说起初的野蛮人，他们的思维长度很短，对生活的预见超不过三天。对他们来说，只有当下——真正的得过且过，以至于不存在哪怕只是对下一个时辰的想象，以至于在烈日当午时卖掉夜里御寒的被子。那三个人，竟至于是这样的吗？他们只对付当下？如今还有如此未脱野蛮的人吗？好吧，我们尽可以说那三个人不可理喻，但要说不可理喻，起头的可是陶尔。

说他不恐惧是假的。现在，他把小心翼翼的躲藏与"偷食"当作活着的习惯，竟真的把自己的游艇当作暂栖之地，而主人已然是"那三个人"；他随时都有被弄死的危险，可能会被儿戏般地喂饱鲨鱼，不留一丝被划去的痕迹，连一朵浪花都不停留。

可这个陶尔，那个时候他居然在恐惧之外还产生了另外一种感情，一种完全不符合逻辑的感情：嫉妒——一个之前的主人嫉妒霸占了他位置的新主人。

真叫人惊愕，这种感情实在难以理解，陶尔究竟要怎样忘记自己的船主身份，怎样走进所谓的当下，怎样差不多变成那三个人的同类，才会产生如此的嫉妒——其实这样的"理解"思路很可能也是错的，对于不能理解之事，很可能还是停留在惊愕与疑惑里面更好。

不过，这倒是与后来上岸后的陶尔很一致，看着岛上唯一旅店的灯光，陶尔居然期待与"那三个人"再一起"生活"一晚——这样的期待倒真是只有同类才会有。

俪说，要说理解是解释，是以理性贯之，那我说我不理解；如果理解就是莫名地同意，就是感觉到某种相通，那么我好像，我真的好像，很理解他。

理解的定义是：顺着脉理或条理进行剖析。

俪马上说："对呀，顺着脉理，脉理就是脉搏，就是顺着心跳，就是跟着身体，对，我的心跳理解他！陶尔，真的，好像激起了我的模仿之心，做点什么，做点什么荒谬之事呢？"脉理就是脉搏——俪，为此先给你一个捂脸的表情包，再给一个开心的摇摆。

陶尔不光做了荒谬的事，还想体验荒谬的感情？或者说，能够进入荒谬，仿佛对荒谬有某种理解，如果跟那三个人继续一个夜晚，会发生什么？这样想想倒蛮有些诱惑，陶尔，你去试试呀！

俪立刻联想到自己："有时候我可真想要荒唐荒唐呢！"

那么，给你一个现成的荒唐：俪，你去，毅然地，把一杯水倒在笔记本电脑的键盘上吧！这无疑属于荒谬对吧，这样你的生活就起波澜了，一个货真价实的荒唐吧。然后，等你焦虑，等你折腾完——甚至可能要等到你又买了一台笔记本，你才会感到充实，感到松了一口气，然后，你发现，有一个可以正常启动的电脑是多么好，多么幸福！这才真的是，荒谬创造幸福。

但是俪说，这样的荒谬太小啦。

说是这样说，当俪得到一罐太平猴魁的茶叶时，为了那挺拔修长的叶片，她专门买了瘦高的白玻璃杯，泡上茶叶后，就像几株在海底的树，绿得剔透。那杯茶水，就放在笔记本电脑的旁边，玻璃杯底着桌的面积太小了，每一次都要注意离开笔记本电脑远一点，要注意周围不要有杂物，否则一个不顺手，茶水就会洒到电脑上，酿成事故。

但俪说，即使发生事故，也不是荒谬，事故是自然事故，故意才是荒谬。

我说那是一个暗藏的故意，被掩盖的荒谬。

4 陶尔和卓丫

女友芩对陶尔的荒谬另有她的逻辑，她认为这一切都是必然和注定，专是为了陶尔能获得某种领悟也未必。陶尔的那个早晨就是某个目的的起始，那三个人则是有准备地等着陶尔。如果这一切都是必然，我们就会有某种安全感，必然的最后不是有惊无险就是注定毁灭，即使毁灭也是因其必然而无法有怨言。而有惊无险，更是陶尔的必然。他心知肚明吗？很可能是这样，芩很愿意这样去想。

其实在船上，陶尔并不是在提心吊胆、紧张恐惧中度过的，他几乎算是坦然绕过的。说绕过恐惧不如说是绕过荒谬。你看他既小心翼翼又胸有成竹，躲开那三个人，尽量不在白天出现，从冰箱里"偷出"多少食品，就从仓库里补进多少，防止那三个人察觉。仔细观察，确保每一次出舱门都安全，每一个决定都正确，有计划有步骤，每一次稳稳妥妥完成预定的出舱任务。他在做这一切时，完全遵循理性，没有丝毫的肆意放纵，没有任何一点点荒谬。就这样毫不荒谬地，绕过了荒谬。

他凭的是胸中的必然性吗？是的，他的踏实和坦然来自他的"虚无"，既然他挑战虚无，要打破无聊，那就什么都不会怕，想看的就是究竟会来什么，绝不能还没怎么走近究竟，就先不敢看了。也可以认为，看到什么，什么就是必须看的，那三个人，就像是与他的汇合，汇合的地点在船上，汇合的方法是荒谬，分手的地点在岸上，分手的标志是陶尔的笑。芩喜欢这样的说法，这样一来，陶尔就是自己给自己设局和破局，无论怎样他都是得胜者。

如此，陶尔竟成了某种英雄，一个以荒谬做起点的英雄？

经过这些之后，陶尔会怎样？是若无其事般地投入之前的生活还是画风大变？是更加迷惑还是仿佛幡然醒悟？这是俩关心的，是俩愿意想象的。

陶尔是安东尼奥尼用语言造出来的，可以说是言辞中的人。日常里，这样的人很少见，如果他们也做了某种看起来荒谬的事，往往都另有原因，不是譬如有难言的疾病，就或许有不愿公开的是非隐情，所以那荒谬只不过是看起来如此，实际上还是有解释、有逻辑、有出处的，那样的荒谬与陶尔的不一样。因为荒谬就得是完全的荒谬。陶尔则因其荒谬之彻底而显得有点神秘，有点可爱。

完全彻底的荒谬或许只能由言辞创造。然后，可能被模仿，被想象，之后，就有了一个疑似陶尔的人，姑且仍旧叫他陶尔。

如果陶尔最先降落在俩的想象中，俩就会把自己的女友卓丫配给陶尔，当然，夸张了一点，也多少有一点点"荒谬"感。在俩那里，男人不能没有女人，就像她的身边，总是少不了男人，她把这个叫作爱情至上——嗯，俪的说法。

俪觉得，卓丫配陶尔最合适，她是一个演员，常年在珀斯生活，对，正好也在澳大利亚，配陶尔有现实可能性。

不用想象卓丫的样子，我们都见过她。她是一个冷淡（并不冷漠）的、修长的、收敛的女人。个头儿高，不仅在女人堆里是高个儿，甚至跟男人比，也显得太高了。她是北方人，却又不像北方人那样撑得开——腰板挺直了地自由。她好像因为高而很对不起别人似的，总是夹紧了肩膀，想要尽量变得小一些。幸好她很瘦，但骨架并不小，高个儿的基本架子在那里呢。即使瘦，她要是放飞自我起来，占的画面也够大的。但她几乎没有放飞过吧，反正我们没见过，从来没有看到过她张开自己身体自由起来的样子。她常常是有一点略略憋着笑，最多有一会儿肩膀放松下来的时刻。

她显得谦逊，但并不随和。她的身体，最大能量的扩张不是在空间上、体积上，而是在密度，在被力充满的时候。她的肌肉不像健美家那样凹凸有致，而是，她里面的骨头是钢筋，会让人联想起贾科梅蒂的细人雕塑，上下超常伸展，坚硬如铁，却从不昂首挺胸，既有像铁一样的粗粝，又是和蔼的，质朴的。她为人极其善良，像所有的女人一样热爱生活，热衷买新衣服，以及，和我们几个女人一样,不懈地买围巾,认为它象征浪漫或者爱情,至少是一个温暖的礼物。法国作家热内曾经这样说贾科梅蒂的雕塑:保持在最遥远的距离和最熟悉的亲切之间。这个感觉正好符合卓丫。

她是一个有点名气的演员,但不算是大牌明星,她参演的电影有些偏小众,算是艺术电影吧,还得过奖。令人印象深刻的是,她基本上只跟一个导演合作。这个导演是个另类,拍的绝大多数电影里都有色情和暴力,不仅尺度大,而且"越界",某些角色的性行为是很多人不能接受的。而她,就几乎是这个导演的"御用"演员。

卓丫是一个好演员,她不仅不拒绝性的演出,而且在涉足性的领域,她的表演坦率自然、层次丰富,面对角色的需要,性的种种倾向需要,她都尝试过,表演过。

我们都看过她的电影,也就是说,虽然我们没有亲见过,但我们在屏幕上,见过她的裸体,以及她的做爱。然而这个事实在现实中,却总是被我们无意识地忽略了。当我们跟她一起抽烟喝酒说话时,从来没有自然地浮现过她的裸体。只有刻意,只有努力,你才能想起她在电影里的样子,但跟眼前这个人,似乎对不上。这究竟是说明了表演的力量,还是说明了人的面相之多?

陶尔,想必是看过卓丫演的电影的。果然,当俪提起卓丫时,陶尔立刻表现出了兴趣。

陶尔第一次见到卓丫，是与卓丫一起去看卓丫参演的一部电影——一部有许多色情镜头的电影，卓丫是女主角。卓丫出镜之大胆，以及与陶尔在一起之坦然，令陶尔对这个女人刮目相看。一个大胆越界的女人，竟敢在边界上翻芭蕾舞跟头，翻得漂亮！陶尔说。

我说，陶尔的品位厉害啊，敢于喜欢、也有能力喜欢卓丫的男人可不多。

其实在卓丫的背后，我们很多次议论过她，猜想过她，试图去解释她、理解她。卓丫的表演尺度是如此之大，不禁让人想到，这样的表演之后，她还有没有自己，她自己还剩下多少？

有时，我们说从一个人的背影都能看出他的悲哀。一个人的身体行为比语言更加无遮无拦地表现了他的特征，很可能，其中饱含意味。精神行进在骨肉中，使其高昂或者谦卑，随便或者绷紧，舒展或者松弛，猥琐或者大方，努力或者自由，以致高贵或者位微。精神给予骨肉以姿势、方向、力度，以及火与冰、山土或者沧浪。

而在所有的肉身行动中，最极端的表现都在性行为中不是吗？最极端也最隐秘，最隐秘也就最泄露。卓丫不仅仅是全裸出镜，可怕的是她做出了她的身体姿势的全部可能：在几乎所有关于性的情形中，她对男人发力的反应，她身体的所有面向，关于性的表情，已了然于全体他者，那些与她不相关者。她已经没有任何神秘可言。她已经不需要再说什么，什么都已经被说，被身体的动作说过了，被臂膀与长腿、被眼睛与嘴唇、被脸说过了，被冷漠和激烈地说过了，被美丽或丑陋地说过了。

不仅是她笑的样子、哭的样子、生气的样子、欢喜的样子，还有卑贱的样子、谄媚的样子、得意忘形的样子、无地自容的样子、无耻的样子、纯真的样子、隐忍的样子、沉默的样子……所有欲望的表情……虽然是表演，是模仿，可她表演得与其说是"像"——像谁？谁有过这类经验？只有有过这类经验的人才知道是一种什么感觉，更何况每个人因其历史和做爱对象的不同，经验也不同——不如说，是她对此类事实的想象，或者，她就是在真实地做？她的想象表达的就是她的理解，她的理由，因而就是她的态度？不管你的本性里有没有卑微，有没有傲气，你模仿或者你想象，你都要去表现。你的本性是你，你的模仿也是你，你的想象还是你，你是逃不掉的你。

还有，关于做爱的样子。姿势都退居其次了，更有各种性的取向、倾向，以至各种奇诡变态，极端甚至黑暗。这些，并不是每一个人都有能力承受，更别说担当了——做一个好演员何其难！

她在表演，更是在暴露自己，在公众面前，最大程度地暴露了自己的习性、倾向、品格、德性。她在被榨干。

在做出了所有的这些表演——尝试之后，她就是一个没有任何秘密的人。她不断在被消耗和散尽，像一个不再可能"创造"的人，没有种子的人，一无所有的人。

这些看法很可能来自钦，这是她理解事情一贯的思路。有一句话，她为了理解得更好，当时还找了好几个中译文比较给我们看：

> 人在性方面的程度和类型，一直延伸到其精神的顶峰。（魏育青译）
> 人的性别特征会触及最高的精神性。（马勇译）
> 一个人性爱的程度和方式一直可以延伸到他精神的最后一个顶峰。（李健鸣译）
> ——尼采《善与恶的彼岸》第75条

一个人的性爱类型和方式当然与他的精神性相关，但对这句话，完全可以做偏激的理解，认为性才是通往精神顶峰的最佳通道，以至于"最后一个顶峰"是沿着性爱的程度向上攀登的。在性行为中，隐藏着精神和肉体的双重高峰？

有时性作为激发，唤起、引领精神发现，有时精神以隐秘之力推进性的可能。但无论怎样偏执的理解，都应当承认，作为人，最后的顶峰都无疑属于精神，都是为了精神，而在最高的精神之巅，性，并不缺席。

说到袒露，我们说爱，说相爱者之间彼此袒露一切，不仅是坦白我们内心的所思所想，当然还包括，必须包括肉体的赤裸——袒露的原始含义。

因此性行为，既有隐藏的需要，就有暴露的意味。如果秘密是聚集和势能，暴露就可能是耗费和坠落。所谓一个人的独特性，无论是肉体的还是精神的，都可以最大程度地体现在性行为中，而我们对另一个人的爱，就是彼此对对方的独特性最大程度的体会，和领会。

那种独特性，本来是只针对一个人的，会因为表演的"借用"而丧失吗？

还有一种说法：一个没有任何秘密的人，就是一无所有的人？守住秘密，不是为了守住，不是见不得人，而是为了让它生长，生长到可以与别人分享的成熟之日。在生长过程中，或许最多只能与"你"分享，就是与那个与之做爱者，那个对"我"有"体"会之人，那个能够领会你的人。在这个意义上，卓丫，她的演出行为，就好比她的每一粒种子，都在刚刚出土的时候，就被暴晒了。

芩说，所以我很佩服陶尔，叫人怀疑的是，卓丫还有多少独特性献给陶尔？

俪总是乐观，她相信，只要卓丫"躲起来"一阵子，躲起来就是补给营养，她就可以重新聚集，相信这是经验告诉她的。

5 重复

躲起来，就是一个人，不演出，也不相交异性。别看俪这样说，好像她有这样的经验似的，其实她有的全部都是相反的经验，她几乎从未断过交男友。

说到与男人的经验，俪的经验太多，超出了钦和芩的想象。

当她们有一天要求彼此摊牌，每个人都诚实地说出自己究竟有多少个不同（男人）的经验时，俪居然说出了两位数！这在熟人中是闻所未闻的。钦和芩感叹，原来小说和电影里真不是编的。

"那么，你每一次都是真诚的吗？"钦问。

"每一次都是认真的吗？"芩问。

"真诚与认真，有什么不同吗？"俪反问。

俪曾经声称自己是一个爱情至上主义者，恋爱在她的生活里始终是最重要的事情。她不是正在开始一段新的恋情，找到了认为终于属于她的那个人，就是在失恋中，痛苦得连死的心都有，哭得叫人心疼。每一次，她都全副身心地投入，为那个男人做一切，每一次分手，对她的打击也都是身心交瘁。但她总是能复活，经得起一次又一次的淬火，爱情的运动持续不断，生生不息。

原来是这样吗？一个不能断了男朋友的女人，一个不能没有恋爱生活的人就是爱情至上者吗？这就是"爱情至上"的物质部分？钦忽然想道："你们说，这里没准是一个连续性问题，甚至是惯性？对这类人来说，没有爱情的生活不是生活！"

连续性，这真是闻所未闻的一个新角度，难道这里隐藏的是：一个爱情至上主义者很可能是一个离开他人不能生活的人？不管是需要去爱还是需要被爱，都是一种对亲密关系的依赖，他们要惦念别人也要别人惦念，一个人就等于无意义，他们的意义总在别人身上？那么，生于恐惧的人是不是更容易成为爱情至上主义者？

芩提醒我们，日常概念里，这个爱情至上差不多总是指一个人的忠贞，指肯定另一个人的至上位置，是对他人最全身心的倾注、最忠实的热情。比如对一桩爱情——一个男人，最极致、持续的忠贞。因此，它首先是高尚的。因为确实有这样的女人，她们一生未嫁，也有这样的男人，他们一生未娶，而毫无疑问，他们的确可能是地道的爱情至上主义者。

当然，绝不能说一个不断找男人的女人就是一个爱情至上主义者（反之对男人亦然）。但连续性的念头挥之不去，有什么东西藏在其中？

幸好我们是一群不太笨的女人，不会在一个方向上"晕倒"。从来，就忠贞和唯一的意义上，大家总是一致地把这句话做褒义的理解，其实爱情至上明明白白说的是爱情至上，而不是事业至上、荣誉至上、家国至上。好吧，到底该把哪个至上？

在现实中，是否发生这种选择，与其说是跟机遇有关，不如说跟一个人的天性有关。机遇好像是外部的，其实来源于自己的天性，天性发现机遇，创造机遇。比如俪就有一种能力，总能在人群中发现可爱的男人，或者——哪怕是相对可爱的男人，总能发现男人对她的感觉，并且，很快就能够呼应上去，真诚和暧昧地呼应上去。一桩新的爱情就此等待发芽。

女人总是狭隘，绕过一切还是回到自己的思路。"那么，咱们还说真诚与认真，你选哪一个？"钦对俪的经验兴趣不减。"咱还没说它们有什么不同呢，好吧，就算它们有不同，我选真诚，当然这不等于选了不认真。"俪诚实地说。

钦和芩都忘记了一点，除了严肃和真诚，还有欲望——纯粹的欲望，每次都是欲望满满。欲望的力道总是被我们低估了。

——欲望带着你走向一个又一个他者，这是多么新鲜丰富、深刻深邃的世界啊！你要走向他人，才能走进自己，这真是像极了做爱。然而如果你只跟着欲望走，你不时时收敛，你不对节制念念有词，就走不上顶峰，还可能散落一地，收拾不回自己。

尽管这种说法听起来不错，可是，你不是俪，又何以懂得她呢？就像我们都不是卓丫。

但经验永远是有限的，我们无法仅仅凭着经验认识世界。

但我们手中有理解。那句最深刻的话又被不禁诵出："这个世界最不可理解的事情就在于它是可理解的。"现在，不管其他，只关注"可理解的"吧，我们一直、永远都——"理解"——这个世界，这是个巨大的事实，否则，这个世界就不属于我们。它属于我们，或者我们属于它，都是因为"理解"。值得玩味的在于，理解并不总是一蹴而就，有时需要交谈、对话，有时需要辅助的经验，有时需要一字一句地写，但不论怎样，都离不开思考，思考就是理解。经过一番努力，我们总能理解。有时一开始只能接受，但在不断地接受之后，竟然也会达到理解的境界。

哪怕结论是"不可理喻"，也算是"理解"了一把，"理解"过了。比如陶尔招呼来的那三个水手的荒谬。我们几乎从未遇见过一模一样的荒谬，但我们对这三个人的存在竟如此信以为真——信以为真就暗含着某种理解——某种理解就意味着这种荒谬有存在的合理性——这合理性就意味着我们其实是"见过的"！没有见过一样的形式，却见过"荒谬",在心底深处,我们都信"不可理喻"是存在的事实。事实有时因为亲见立刻就被理解,有时因为重复涌现而被理解。理解或许还意味着某种"掌控"。认为自己理解一切(人),以为自己能够掌控一切(事),这好像正是陶尔那趟荒谬出海最初的自信?

卓丫是难以理解的吗?我们为什么试图去理解她?

"为了陶尔啊!"这肯定是俪的回答,没有理解如何去爱呢。

俪总是靠她那狭隘的至上视角让一切问题迎刃而解,不,不是迎刃而解,而是一下子会使问题显得无力,于是被忽略。

想想吧,卓丫并不是在恋爱,而是在表——演——做——爱!

卓丫在电影里的表现真是勇猛无畏,像是竭尽全力地"做爱",感觉她的骨头都在做,如果她很胖,就会毫无力度,所以她一定很瘦,确实很瘦。她的努力让我们想起男演员霍普金斯,他说:"在表演中要让自己以某种方式暴露出来,丢掉所有的面具。"这样说来,演员还在表演中借着表演,挖掘着自己的可能性,丢掉平时不意识的面具,在新的人性体验中,也得到对自己的新认识?这也是卓丫的经验吗?

这种种疑问，虽然我们从没有真正向卓丫提问，但卓丫当然猜得到。有一次，她不经意地说过一句话："需要与黑暗做斗争。"芩敏锐地记住了这句话，认为这是某种解释，是卓丫的力量所在。可是，卓丫说的黑暗指什么？什么黑暗？关于人的黑暗？

卓丫常常令我想起演员夏洛特·甘斯布和伊莎贝尔·于佩尔，对于有些非同寻常的角色，情节与态度，她们的表演好像就是探险，不，不是好像，就是真实的探险。她们表演的，她们企图呈现的，她们想象的，她们体验的，是人类身上极端的、疯狂的、极端不平衡的情感。我猜想，在表演之前，她们自己都不能确定会出现什么样的感觉，这算不算与黑暗斗争？那种未知，没有参照，没有同行者，没有效仿，只有你付出献身般的激情，才可能抓住它，戳穿它，战胜它。

据说好的表演必定投入了真的情感，于是我们一致认为，一个对此有过想象和思考的男人陶尔——卓丫的男友——是可敬的。

那种黑暗就是未知的可能性，就是人性的边界。如果说可能性在想象中，那么表演就是实现想象的最大可能。

在表演中，我们可能体验到无法在现实中体验到的情感，可能"实现"在现实中无法实践的行动，还可能"重复"我们曾经的经历和情感。

重复，在生活里，我们有无穷多吃饭睡觉的重复，却难有某种情感的重复，更不用说某种激烈的感情的重复。

关于重复，有一种说法是，只发生一次的不是发生，反复发生，重复才使其真正存在；相反的说法是，只发生一次的才是存在，只发生一次的才是永远的发生，重复却是使其不存在的方式，反复的发生，终究因其重复而失去意义。

我相信陶尔可能赞同后一种说法。

每天吃饭和睡觉是重复，真正的重复。在其中，时间的效应微不足道，这种重复因为不含有意义而可能，因为不含有意义而被忽略，被忘记。

克尔凯郭尔曾经思索重复，"重复是否可能，它有何价值，有什么东西在重复之时获得或失去，"于是一个直接的想法油然而生，他对自己说，"你可以去柏林旅行啊。"他从前在那里待过，那么再去一次，就会知晓重复的可能与价值——写到这里，我想起自己读到这一段时，曾在书页空白处画了一个偷笑的表情，真正的聪明就是做傻事不是吗？

但是可以演戏啊，如果真的再去一次柏林，肯定物是人非，或者人是物非，或者那地方根本不是柏林。但是在舞台上却可能再现那个时候那个地方的街景和人物，可以让演员扮演他曾经的女友和房东……

这戏剧之可能，得凭靠克尔凯郭尔的回忆。这戏剧值得上演，是因为那地方、那时刻，对于克尔凯郭尔有极其特殊的意义，所以才有让它重现的愿望。

事实上，我们渴望重温的那些情感，企图探究某种深邃的重现，也都因其具有特别的、属己的"纪念"意义而认为值得"重复"。那种意义往往都显得独一无二，又几乎是惊鸿一瞥，它们在无数的日常和平庸里凸显，在个人的生命经验里回旋，等待重现。

那曾经深刻的印象进入了我们的回忆，想要再进入一次，感受它，体验它，深入它，"占有"它，就是想"重复"它，如果甚至可以一再地重复，便可能拥有它，研究它，"明白"它。而在无感中的无数次同样的发生，因为不含有意义，或者因一再发生而失去魅力，而消耗殆尽，都不会进入我们愿望"重复"的清单。

然而我们都知道，那些不同寻常的经验和情感，那些"瞬间"，其实最难，以至于根本不可能重复。原来，我们渴望重复的，是那无法重复的。有一种说法认为"只发生一次的不是发生"，其实很可能，"只发生一次的才是永远的发生"。如果说人的有限性使得重复必然在将来某一刻发生，那么人的无限性则在于对那不可能的"重复"的永恒渴望。

所以，当克尔凯郭尔说"重复之爱才确是唯一快乐之爱。跟回忆之爱一样，它不像希望那样欲壑难填，也不像发现那样总是蠢蠢欲动"，其实说的是，回忆之爱才是重复之爱。

说到重复，这个词最简单的意思就是再来一次。俪说，表演就是啊，一台戏剧，可以上演无数次，哦，不过……对了，你们看过拍电影吗？有一次我看导演J（对不起，他曾经是我的一个男友）拍戏，拍吻戏，当J发出一次又一次"再来一条"的指令，我看着监视器都要崩溃了，那还是接吻吗？每一次都需要重启激情，激情是会淡薄或者扭曲的，如果不是敷衍，就会走错方向，假如先是被对方激起，到后来不变成轻视自己才怪呢！要我说，拍电影、做演员可太痛苦啦，人如何做到瞬间进入某种情感，又瞬间出来，太可怕了。

好吧，或许导演要的就是一种带异样方向的接吻的状态和意味。如果导演要到了他要的，那么演员得到了什么，失去了什么？

那么舞台剧，那么话剧，或许可以避免"断裂"，使情感"安全"进入，而连续数日以至数年的上演，就是在模仿"重复"？

可以认为这是陶尔喜欢和理解从事表演的卓丫的原

因吗？是否还可以这样想，陶尔的荒谬出海是要逃离重复，在那些他看来平庸的生活和平庸的逻辑之外，他想要某种超越。他的侥幸归来不能证明什么，卓丫却是在某种程度上真正进入了对日常的"逃离"，甚至还可能获得新的"情感"和"瞬间"，那不可重复的、极其罕见的生命体验，走在人类经验边界上的感觉。

如果把卓丫的表演看作某种重复，把陶尔的出海看作对日常重复的逃离，那么他俩配合演出的行为戏剧，简直仿佛是以重复逃离重复。

陶尔羡慕卓丫的感觉经验？

6 那个光影斑驳的午后

重复之爱，跟着这四个字，钦眩晕在几十年前那个光影斑驳的午后，那时刻的她和他——钦和青。

> 你的宽肩，你粗长的脖子，你深深地侧向左边的头，于是你的宽肩与脖子形成水平，形成山脊，走过你全部的身体，崎岖向上，便在这山脊上，光滑起来，平坦起来。
> 当然你必须裸着全身，对，就模仿罗丹雕塑的那

个男子的姿势。离我远点，我要看你，你把头斜靠在左边，对，你的左边，就是我面对的右边，靠在旁边那个落地座钟的边沿。手，手怎么放？左手垂着，当然，因为没有弯曲的地儿了，右手呢，支撑在腰上？做作，不好，那么也垂着吧。至于怎样一种垂法，至于是五指分开，还是某两个弯曲，或者甚至是拳头般的，我不是你，无法感觉，只有当成为那样姿势的时候才知道，你随意吧。我不知道哪一种会中我的意，只有你做出来了我才知道。

只有像你那么高，那么宽，那么黝黑，那样侧头，很深地侧下去，才能知道该怎样垂手，怎样才合适，才能用得上有力和优雅这两个词。一旦找到，你就凝固那姿势，凝固你的样子。不管我喜欢不喜欢，那都是你。

还有你必须闭着眼睛，事实上只能闭着眼睛，闭着眼睛你才能体会你的姿势，才能知道你自己的样子。那样子不在镜子里，不在我的目光里，那真正的样子，值得被记住和爱上的样子肯定不能有万分之一的犹疑的目光，不能有万分之一丝一秒的眨眼。只有穿上衣服我们才需要眼睛，需要眼神。现在，有身体就足够了，什么也瞒不了。

现在你这样赤身露体，就不需要也不应该睁开你的眼睛。你的一切都在你的一切里，每一处紧致和深凹，平坦与隆起，磨砺与坚定，每一种骄傲和羞怯，每一次欲望和退却。我会用眼睛了解你，看穿你，再抚摸你，但我不用手，我决不走上前去，决不走到你身边，决不触碰你。

你就这样，就这样，让我的欲望起来，我只有一动不动，才能让欲望越来越高，你身上热起来了吗？感觉到我的火了吗？你也要一动不动，纹丝不动。

你一动不动，我就无法把自己献给你，你若是那个完美，我就不配上去抚摸你，不配站在你的旁边，我只能这么仰望你，与你近在咫尺却无法动弹。我的欲望让我无法动弹，我知道你闭着眼睛却知道一切，你会为这欲望自豪吗——欲望强烈到以至于无法去做。你要冷一点，尽量地冷，像一块冰似的，像一块黑铁似的。那才配得上静止，配得上我的无声无息的汹涌，我的无止无息的欲望。那才是火的伴侣。

欲望融化在静止里，就是灵魂相见的时刻？

那个光影斑驳的午后，那如火如铁的凝望，在钦的印象里，是爱情挥之不去的剪影。

如果挥之不去，是不是必将重复？钦喃喃跟着克尔凯郭尔的话，"它不像希望那样欲壑难填，也不像发现那样总是蠢蠢欲动"，心中疑惑。

7 袒露一切

其实钦,已经有四十年没有再见过青了。

钦依然记得青的告白,年轻的青对钦说:他愿意与她一起,哪怕去最穷困的乡村教书——谁说过爱就必须去最穷的地方?!爱为什么必须要遭遇苦难和艰辛?!

年轻的钦对青说:那我一定会像那个苏联电影里的乡村女教师瓦尔瓦拉[1]一样……

如果他们终于没有走失,那么这告白可能将演出最浪漫英勇的一幕:"只要她一个手势,就可以把他(们)差遣到天涯海角,就可以叫他(们)到她指定的地方去作战,去争取荣誉,去牺牲生命。"[2] 那原本一个人担当不起的伟力和雄心,现在有了两个人,就像增加了百倍千倍的力,作为男人与女人"互为对象的意识,它的魅力和禁忌,使每一个共同行为充满活力"[3] 与能量,仿佛在两个人的恋爱之事中,那个理想得到了"落实"。

如果一个女人终究与另一个女人不同,那么钦是这样一种女人:她并没有任何这样的手势,也不知道如何打手

---

[1] 指苏联著名女电影剧作家 M. 斯米尔诺娃的代表作《乡村女教师》的主角瓦尔瓦拉,她是大城市的中学毕业生,却去了荒凉偏远的乌拉尔乡村做了一名女教师,不畏艰苦困难,几十年如一日,培养了一批批优秀的人才。
[2] 引自卢梭《爱弥儿》,商务印书馆,1978年版。括号为引者所加。
[3] 引自艾伦·布卢姆《美国精神的封闭》,战旭英译,译林出版社,2007年版。

势，她不会向别人打手势，不会向男人打手势。她的希望是青有一个手势，男人有一个手势，她想按照青的手势，哪怕去到天涯海角，去受苦如同"十二月党人"的妻子，去牺牲如同为了祖国，为了信仰。

必须承认，有一种女人是从来不向男人打手势的，她们只是遵循对方，只想沿着男人的方向，不知道是因为传统使得她们如此，还是她们的本性造就了传统。必须承认，这样的女人很多，这样的女人不仅身体出自男人，全是男人的血肉，还整门心思都在男人身上，没有一点自己的骨头。这种女人就像是图尼埃假说的证据。

这样的手势，芩也从来不会。不过，在婚姻结束之后，芩既不会向男人打手势，也不再一味信赖男人的方向。因此卿的出场，完全不在芩的预料里。

那天，芩收到一个快递，一张肖像画，卿临摹了一张芩三十岁时候的照片。那张照片是芩最喜欢的。那个时候，芩说，你看我，一副终于嫁了人的样子，一脸的踏实和满足，算算时间，还真的是那年出嫁的。那种美，不是少女的纯洁，是少妇的笃定，不是深谙世俗，而是简单透亮，那种信心不是朝外的，而是在心脏里，在肩膀里，在眼睛里，那信心有根有据，根子在身体里。

胸前的丝飘带，是微微荡漾的女人心，那件麻线背心，是女人自己钩的，一针一眼地，蔚然成衣。芩，"她知道自己就是自己希望的样子"，那种样子是最美的。卿什么时候注意到了这张照片？哦，看得出卿费了心思和功夫，画得还挺像的。

像谁，像芩，还是像照片上的那一个？

照片上的那个人当然是真人，好照片当然是捕捉到了人的内心的某一个瞬间，有意味的瞬间。确实，如今随时随地拍照的可能，会让你发现你自己都未曾意识到的自己的某个表情——因为无论是你还是别人，几乎都没有也不可能在这个（隐秘）瞬间停留过，现在，照片让这个瞬间、这个意味凸显、放大，于是你会发现自己的某种情感，某种对周遭的心境或者态度，你可以欣喜或者厌恶，你可以承认或者反对，但无论如何，那都是你的真相——你的表面。有句话怎么说的，对，表面就是核心。

一个优秀的摄影者，是那个发现你的人。那么一个优秀的画家呢，如果他画了你，是你的真相吗？画的是你吗？真实的你？表面的你？还是他心里的你？

如果一个画家爱上了你，那就要让他来画你。

你不用摆姿势，你就随便，因为他爱你，你的任何样子他都观察过。但此时，你不是要发现自己、认识自己，你是要知道他怎么想你，你在他心里什么样，他认为你是哪一种人，你的什么样子他最喜欢，或者你的哪一种样子在他看来最能代表你。

什么样子？那样子是不是那个真的你？那样子是你希望的自己的样子吗？其实，不能忽略的是，那个样子一定带着画家对女人的期待和渴望，是你的样子也是他的欲望。当然，必须性感，如果一个爱你的人在你身上没有性的感觉，那就不是爱。你是单眼皮吗？我希望是，我喜欢单眼皮的女生。对，你就是单眼皮，他肯定喜欢单眼皮，单眼皮才能表现眼睛的生动，不会被双眼皮抢了目光，就像线条最重要，双眼皮带出来的层次感会影响对眼睛本身的专注。

你的锁骨，敏锐或者退却；你的肩，谦逊或者进攻；你的脸上，是微笑还是大笑，还是不笑？你要足够细心，足够敏感，或许会发现他在你的脸上添加的那些可能不属于你的线条和明暗，它们可能意味着不属于你，却属于他，属于画家的愿望，那也是好的，那正是照片与绘画的不同与特征，或者说优势。所以我们说肖像画，说画的谁，还要说谁画的。不仅是"相像"的技艺，还有画家自己的"像"在里面呢。

以至于还有画家的天才洞察，比如毕加索的女友拉波特有一天竟发现，自己在精神上，与毕加索二十年前为她作的肖像画日趋相近！

无论是画家令人惊奇的深邃感觉，还是被画者在之后的岁月里有意无意地领悟了画家的"指引",这样的画与被画,难道不是作画更美妙的地方吗?那才是与摄影之不同。

芩忽然希望,被画。

芩一直留着一张明信片,寄自法国南部乡村,正面的那幅油画一直在芩的记忆里:一个躺着读书的女人,明信片背面写的是:这个女人就是你在我心里的样子。是的,芩对自己说,也是我喜欢的可能的样子。

如果被画,当然,还有一点,一定要被一个你爱的人来画。于是,在两个相爱者之间会发生什么?应该发生什么?

钦和芩想到的都是:袒露一切。

曾几何时,在钦与青的爱情定义里,排在第一的也是:袒露一切。

当钦把自己带锁的日记本打开给青看的时候,心中怀着对爱情的最高理想,她以为两个人是可能成为一个人的,爱情就是为了让两个人变成一个人。她写她自己,写他,他读到她,更处处读到自己,他几乎在她的每一个思绪里,就像他的凝视,每一次都真正进入了她的身体。她浑身都在战栗,像处女的第一次献身,紧张又勇敢。脸涨得通红,全身肌肉紧绷,就像在被审视,被观看,被抚摸，被进入。

此情此景，与我曾在一个作家的书里读到的，何其相似。

> ……一切都写在了纸上。……向往……心愿……幻想……忏悔和忏悔也不能断绝的诱惑、美丽的和丑陋的、一切燃烧的欲望一切昼思夜梦，都原原本本地写在他的日记本上，白纸黑字。……爱，需要全部的真诚，不能有丝毫隐瞒，他不懂白纸黑字的危险，他还不懂得诗的危险。[1]

青春的心思都相似。

他在读，她一直在被读，那个日记本那么厚，但是真的越厚越好啊，那就可以一直一直读下去。那样的战栗就像欲望，之前的欲望，越长越好，也像欲望之后的欲望，永不结束。大学里的自习室，深夜里依然满座，但每个人都专注着自己的书本。没有人知道，这场秘密的战栗已经持续好几个小时了，年轻的身体之强大是怎么估计也不过分的。

多年以后，当青被一句电影台词触动记忆时，想起了

---

[1] 引自史铁生《务虚笔记》，北京出版社，2015年版。

上面的时刻。

电影《初学者》里的女主角对她所爱的人说:"你可以问我所有的问题。"

这是说,我敢于回答所有问题,我愿意回答所有问题,我坦率回答所有问题,我决定对你毫无保留,我愿意你知道我的一切,我希望你渴望了解我……我对你将袒露一切。

可以问一切,就是承诺回答一切。一切,就是对无论怎样的问题都不会有任何逃避、任何隐瞒,没有难堪也没有躲闪,没有隐私也没有羞耻……这是一个多么大的奖赏,简直可以看作人生最高贵的诺言。这里面的胆略,不仅是无比的臣服和谦卑,更是献出一切牺牲一切承担一切的超级大勇。如同面对上帝般的诚实。

很厉害的台词。这样的时刻是真正有过的,钦和青可以作证。

这是一个人向另一个人交出一切。一个人能够向另一个人交出什么?首先是什么?最重要的是什么?就是交出世界观、人生观,说出经历和欲望,说出关于人性和其他所有东西的所有见解!一个人生命的有限性决定了没有"所有见解"这回事,这里的重点在于所有可能!

人或许无法说出一切,但人真的渴望说出一切。但人真的不能也不想跟随便一个人说出一切。——我只想对你说。你是谁？你就是阿里斯托芬说的你的一部分，那被切出去的另一半，好吧，但愿那一半还在，还完好。对于自己的另一部分，当然可以袒露一切，因为早已袒露过一切。如果有一天，我们以为找到了那另一半，那真是再好不过的感觉。

俪说，那种以为，很真实的。

是的，我们都同意那种以为很真实。

8 模仿

> 是啊，假若你们是神，你们才会因自己穿衣服而羞愧！[1]
>
> ——尼采

可是，我们无论怎样"赤裸"，也无法真正进入"他人"，被切割过的人，伤痕永在。青春的位置可能调高了视线，荷尔蒙的光晕或许模糊了界限。过来人总是感慨，青春的历程都相似。

还要注意那个作家的警语："他不懂得白纸黑字的危

---

[1] 引自弗里德里希·尼采《扎拉图斯特拉如是说》，黄明嘉、娄林译，华东师范大学出版社，2009年版。

险，他还不懂得诗的危险。"[1]过来人还常常说的是，历史的发生永远相似。

只是因为，袒露一切是模仿神的。

但青春非要试一试，虽败犹荣就是说的这个。

但两个老人，比如芩与卿，他们会再勇敢一次吗？

如果两个老人，钦在想，是不是只有两个老人之间才能真正做到袒露一切？

钦说："是不是老了才可能做到不惊不躁，真正坦然、宽容？"

"你是说他们毕竟久经情场？"俪的视角一如既往，对俪来说，确实一辈子都在情场，这一点有时真叫钦和芩羡慕。

他们，老人们，在某种程度上，已经不再能够失去什么，那么一切都是得到？不如说，他们可以袒露的，是如此之多！

"但难道不是，他们已经成人，有了所谓的自己，更难以融入别人吗？"说这话的时候，芩一定是想到了卿。

还有，如果他们曾经经历过背叛和谎言，如果日记曾经被贴到了光天化日下的墙上，如果相拥的私语被公

---

[1] 引自史铁生《务虚笔记》，北京出版社，2015年版。

开为逆语的证据，他们的胆子会变小还是从此无所禁忌？怎样才算没有白白度过青春，怎样才算没有白白"亲历"历史？

不要白白地丢失了。

如果可以凝视它们，思考它们，直到看出端倪，看出皱褶，看到遮蔽之下的，看到闪光。光，会又一次"引诱"我们，芩和卿，竟是那依然敢于朝光而行的人吗？

芩会跟年轻时一样狭隘，还以为光只在男人中吗？钦的担忧不是没有道理。

"可如果恰巧那束光照在那个'他'身上，为什么不去追光呢？"——俪的捣乱总是夹杂她自己的光。

好吧，如果说年轻的时候我们仿佛在寻找一个真正属于"我"的"你"，那么到了老年，那个你，是越走越远，成为陌生的他，还是沿着循环之路，隐约重现，以至被认出？

这时，排在第一位的，依然是袒露一切吗？

比如，如果，如果有一天在另一个光影斑驳的午后，卿不再是照着相片，而是对着你，为你，为你芩画一幅裸体画呢？芩，你希望是一幅油画还是一幅素描，一幅彩色的写实还是抽象的感觉，是大块的印象还是触摸般的细腻，是你的脸还是你的整个身体，是你不认识的自己还是你希望的自己？你希望知道你在他眼里是什么样子吗？你们相互凝视的目光，是坦然的，还是战栗的——就像曾经的钦和青？因为坦然而战栗？抑或，以至于，你们竟会，仿佛彼此认出？你会因此而爱上他吗？

— 她一旦确认爱上他，便开始了"爆发"，持续的、深入的、高亢的、耗尽般的——爆发，一个人的生命竟会隐藏着如此巨大持久的力量——这常常发生在女人身上。

二
◆
二

9 马里安巴

在我——如今正在写作着的我——的印象里,那个光影斑驳的午后,一年又一年地重现。既不属于钦与青,也不属于芩与卿,它属于"爱欲的印象",以至于我还固执地认为,那个光影斑驳的午后是黑白的,可以称其为一种"黑白的爱欲"。这个时刻,该是永远发生在"去年",发生在"马里安巴"。

阿兰·罗伯-格里耶的小说《去年在马里安巴》就像一幅极其复杂的黑白线条画,每一根线条都需要足够的时间观看,那时间必须用阅读的时间,用一毫一厘、一字一词来抵消;电影《去年在马里安巴》果然是黑白的,没有年代背景,看不出时刻和地点,只有男人女人,房间,树,雕像。那些华美和繁复,那些曲折的门和路,那些被放大的细节,节奏缓慢地移过来,移进屏幕,移进眼帘。人们一字一句地说话,停下来说话,仿佛等待那些话被画下来,又都缓缓地走,生怕走得比镜头快。

花园里是暗灰的,树和雕塑像玩具模型,男人和女人像木偶，缓慢迂回地靠近。精心渴求的见面，要以执着的沉默，以静止，然后以快门，以定格。

那个可能找到"去年"的地方，马里安巴，在哪里？在慕尼黑，我心心念念的就是寻找《去年在马里安巴》的拍摄地。我要选一个阴天去，穿上黑灰色格子的长裙，以最素朴的打扮，尽量地缓慢，尽量地优雅，以更多的定格，来配合那无尽的繁复，无尽的华美，无尽的雕琢之运动。

慕尼黑王宫里面那些无比华丽的洛可可风格，必须去掉色彩，成为黑白，化柔媚作某种坚定。那些耀眼的金色，那些欲望与奢华，纤细与堆砌，一键变成黑白之后，我就似乎真的找到了拍摄地。只是显得狭促，无法让那个男人和那个女人彼此站得远远地说话。在我的印象里，他们无论说多么近的话也显得他们之间隔着好远好远的距离。

那么很可能，那一对男女见面的地方，最好还是在室外，在宁芬堡花园。虽然我没有找到被反复拍摄的那座一个男人"保卫"一个女人的雕塑，好像男人在为女人挡住什么……不过这不重要了。

还在清晨，我就进了园子。此时偌大的花园空无一人，大路两旁被人工裁剪过的三角形树列整齐划一，白色的雕塑在树的间隔中一字站开,望过去似乎无边无际,像一个非人间的地方。如果导演选了这个地方,一定是因为这里能够给人一种不真实的感觉。导演的目的,不正是要在这个不存在的马里安巴,呼唤出"去年"——那个印象里的真实,那个真实的印象吗?

在这个叫作马里安巴的地方,一个男人与一个女人相遇。他从大路那边过来,她伫立在雕像侧面。他们在树的阴影里。如果他们挨着,说话声音很轻,听起来就像离得很远;如果他们远远地相对,说话声音依然很轻,却会因为没有任何别人存在,而显得清晰准确。

他和她其实是陌生人,从未见过面。却在今年,在这个花园里,第一次见了面。

但他为她设计了一个过去,一桩恋情——一个去年的发生。他对她说他们已经会过面,一年之前已经相爱,他现在来赴她确定的他们的约会,他要把她带走。

你是谁?

你知道我是谁。

我想不起来了,不,我不认得你。

我们以前见过面的,就在去年……

一个不断的、强烈的意愿,在空间里呼唤"去年"……

你为什么这么看我？

你好像记不得我了。

你就像一个影子。

你还是老样子，我好像昨天才离开你，你还是这么……你还是这么美。

她被他的话诱惑了，仿佛真的想起了"去年"……仿佛空间唤出了时间。

你从来不像是在等我。

但我们总是碰头，在每一个转弯处，每一个矮树丛里，每一个雕像的脚下，每一座喷泉的池边……看起来仿佛，整个花园中，只剩下你和我。[1]

雕像和树是真的，成年累月地在这里，去年当然也在。是同一个空间，仍然是在"马里安巴"。可时间呢，时间不能重返，该如何回到"去年"？

阿兰·罗伯-格里耶说："其实没有什么去年，马里

---

1 引自阿兰-罗伯-格里耶《去年在马里安巴》，沈志明译，译林出版社，2007年版。此节其他处亦间或有词句同出此小说。

安巴在地图上也不存在。但是当过去占了上风，过去就变成了现在。"

假如过去变成了现在，是不是意味着重复发生了？如果过去是杜撰的，那重复也是。

空间是旧的，时间永远是新的，过去能不能占上风，全看你的意愿之烈度。

因为对这个女人与男人之间的呼唤和响应的迷恋，在我的印象里，这个故事早已被篡改。

你还记得吗，你借给我的这本书？
哦，我真的有过这本书的，可是我找不到它了。
你说你其实喜欢那个男主角的偏执……
那么，你的这一本，很可能就是我送的？
你还说过你要最好的爱情。
是的我说过，可谁又没有说过这话呢？

她在怀疑中开始眩晕地"回忆"……那段恋情，可能发生在去年的——莫须有的恋情，如果一再呼唤，是否可以被真的呼唤出来？如果你们曾经的犹疑相似，执着相似，幻想相似，期待和失望也相似，说话的节奏相似，倾听的专注也相似。

你好像记不得我了。

你是我记忆中的男人吗？

他执拗，严肃，像披露真相似的一点一滴地展现过去的细节，那些细节多么相像啊，那些孤单和渴望，那些大胆和缓慢，那些犹疑和决然，都有了光线和位置，有了小径，有了黄昏，有了窗帘，有了雨中的伞，有了颤抖的手，和流泪的脸颊，有了女人走路的声音，和男人的戛然住步。

你说你来找我敲门的时候
心跳
我说我与你有一模一样的
感觉

那样的时刻是他们共同的曾经，那个诗的时刻。她被他诱惑了，还是他被她诱惑了？很可能他们同时被某种东西诱惑了，被某种精神诱惑了。一个纯精神的时间与空间需要的不是细节，而是一样的恐惧和狂喜，一样的战栗和眩晕，一样的痛苦的思念与幸福的相见。

只要有过刻骨铭心的恋情，它就发生在"去年"，所有的恋情都在"去年"，所有的恋人都是"你"，马里安巴永远是恋情发生的地方。唤醒之功从来不在于呼唤者的努力,而是呼唤者与被呼唤者曾经拥有的共同"回忆"。

他们通过各自的想象建立了他们"共同的"过去,那个过去就只能在马里安巴,这个地球上不存在的地方。但那个地方会成为她和他的旧地,这是他们去年相遇的地方,相爱的地方——如果他唤起了她,她呼应了他。

这唤起和呼应并不令人惊异,而是叫人多么感动。

如果他说出难忘的一本书名,你就能诵出作题记的四句诗;如果你说出了一部老电影的名字,他说他曾经看过九遍;如果他也去了卡夫卡的墓地,你就要问问他,除了按照犹太风俗放了小石子,有没有再带一支中华铅笔;如果他夜以继日笔耕的灯光,你仿佛可以遥望到;如果他唱起一首歌,而那首歌曾在你心头夜夜回荡……那你就要试一试去一趟马里安巴,去寻找或者被寻找,去唤起或者响应。

把内心的渴望化作"去年"的现实,在今年重温。这是一种创造过去的方法还是一种实现"重复"的方法?要是让未来占了上风,那么,明年也可以事先存在。因为有去年,因为已经有了过去的四十年,所以,明年的存在是现成的,连细节也真实,一切设想都真实——因为不是说一切都是永恒复返吗?

我又想起了克尔凯郭尔的重复悖论,开始渐渐相信重复,相信它存在于愿望中,因愿望而复活或者出生。好像克尔凯郭尔的结论是:重复是一种向前的回忆。这样诡异的话现在是否找到了印证?

还是先不要理会较劲的克尔凯郭尔,专心启程他和她当下的"回忆"吧。

你在等我吗?

我,怎样才能认出你?

可是你就在这里,在这花园里,可以听到、看到、摸到。

你是谁?

你知道我是谁。

你就像一个影子,等待我靠近……

于是,"我"和"你",慢慢靠近,然后,一起跳舞。

10 舞

他和她在跳舞。如果他可能是卿,那么她可能就是芩。

我是说芩和卿,在跳舞。他们不是夫妻,也不是恋人,却加入了他们最羡慕的那些幸福的老年伴侣中间。

在皇家加勒比号游轮上,他们俩最最爱看的风景就是一对又一对外国老年夫妇或者老年伴侣。这里有太多幸福的成双成对的老人。晚上在剧场里看演出时，黑暗中，他们经常发现始终十指相扣的两只苍老的手，和鲜艳的指甲、闪亮的戒指，它们就像暮年里青春的间歇闪耀——这让芩第一次对涂指甲油不反感了，巨大耀眼的金首饰在老男人的手腕上现在看来也不再庸俗，在老女人的脖颈上一点也不夸张。卿对芩说，只有老，才担得起这样的昂贵和艳丽，只有到了这样的年龄才会有大气场，把俗气一扫而光，称霸的是自信，那光亮不在物上。

最令他们印象深刻的是一对苏格兰夫妇。男人穿着格子图案的裙子，典型的苏格兰装扮；女人则胖胖的，棕色皮肤，大眼睛，穿着印度式长裙，睫毛特长。那条苏格兰裙子配上男人的白头发，显得真有风情。男人看起来和蔼，似乎总是带着微笑；女人显得严肃，目不斜视。他俩总是形影不离，一起出现在任何地方，如果一前一后，那么男人似乎总是落后女人半步，男人还会不时地小心翼翼瞟一眼他的女人，察言观色似的，挺夸张。但那个女人的目光总是径直向着前方，从不往两边看，不看她的男人，也不看差不多任何一个别人。芩对卿说，这女人不是对她的男人不屑，倒好像是一个游戏，专门地傲慢，那个男人，则认真地配合着，两个人津津有味。他们的年龄看起来都过了七十岁，但做起这种爱情的游戏还是那么兴趣盎然。芩的猜想在晚上大剧场演出时得到了证明。

游轮上大剧场的夜间演出是一场真人秀。自愿报名，几对夫妇上了台，节目方式是由主持人分别对丈夫和妻子提问家庭逸事或者初恋记忆之类，背对背，之后再"对质"，看看哪一对的默契度和真实度最高。最有意思的就是那对苏格兰夫妇。他们举手，被允上台。那个胖女人沉着坦然，不紧不慢地回答主持人的问题，一本正经，主宰一切的感觉。当主持人问这男人第一次去丈母娘家里，带了什么礼物，男人说："我带了她啊，带着我的妻子去的！"那表情又无辜又骄傲。他不需要再带什么礼物，他的女人跟在他后面作为他的人进了她父母的家，仿佛他给两个老人带来了一个女儿，没有什么比这更美好的了。他带的真是稀世之礼！

"对质"的当儿，男人坐在那里回答主持人的问题，却见那个女人突然伸出手去掖掖丈夫的苏格兰格子裙，害怕跑光，过一会儿，又掖了一下，好像刚才没掖好，太危险了，很可能里面什么也没穿，夸张又焦虑的动作引得台下一阵又一阵幽默的会意。那个丈夫得意极了，每一次被掖，都幸福地看一眼女人。女人则依然一脸严肃，既不看男人，也不理会台下的哄笑。

每一次在船上遇见那对夫妇，他们俩总是不约而同地用目光跟随，总是有冲动想用相机拍一拍他们。芩喜欢那个女人，卿喜欢那个男人，可芩的做派一点都不像那个女人，卿也不像那个男人。

随着那对夫妇进入跳舞的人群，他们，芩和卿竟也情不自禁离开咖啡座，像恋人般地，慢慢起舞。不知道的人，会以为他们也是一对老情侣。

跳舞的意思是说，身体也要谈话，也要交流，有时远，有时近，有时环绕，有时平行，有时激烈，有时缓慢。有时自由得像一个人，只沉醉在自己的身体里，这时就性感得不得了。那种性感，不是冲着他的舞伴。他的欲望张开着，但不针对一处，而是翻滚着，沉浸着，有时弥漫得像妩媚的风，有时又凛冽、坚硬。看见了的人都会看见，他引来许多带着欲望的目光，别说他不知道，他的眼睛几乎闭着什么都看不到，但他的身体一直张开着，每一处都敏感着，对什么都敏感，又什么都忽略，只要跳舞就好。但他的欲望是自己的，他的欲望可能就是跳舞，在每一个动作里都飞着欲望，飞得高，就跳得好，跳得好，就飞得高。欲望就这样飞舞着，飞向天。舞在天，舞在该在和欲在的地方。

他，当然也是她。

他们是自由的两个人。各自自由着，各自性感着。配合得天衣无缝，就像曾经在一起跳过一辈子舞。

直到音乐戛然而止，他们才好像睁开眼睛，看到对方。

真好啊！真是好久不跳了。

我以为我不会跳了，原来还是能跳得一样好。

说明我们还不老。

不老……

等到他们回到咖啡座旁，却忽然都沉默起来，一下子都变得平静，既没有欲望，也没有力气，不想起身，也不想喝咖啡，只想一动不动地待在那儿，一句话都懒得说。他们是因为累了，还是因为欲望在跳舞的时候找到了出口溜走了？

晚上，芩做了一个梦，梦见自己和他靠得很近，卿的一只手搂住了她的腰，她也没有抗拒，甚至她的一只手不知什么时候也在他的腰上了，但是，仿佛贞操在嘴上，她的另一只手却忽然出来横在他和她的嘴之间，挡住了唇与唇的接触……

11 谈话

事实上，卿是芩的心理医生。芩终于能够从失去儿子的悲恸中缓过来，是要归功于卿的。事实上，芩几乎已经向卿说了一切。芩曾经一个月、两个月、三个月地无法开口说话，任何医疗设备也查不出原因，找不到器质性病变，而在卿那里，她终于开了口，而且，说了如此之多的关于自己，关于儿子，以及关于前夫。芩从未见过如此专注的倾听，之前芩也从未向任何人如此——敞开心扉。

说到前夫，关于敞开心扉这样的词，芩能猜想到他会这样说："我能面对谁呢，敞开心扉？一旦敞开心扉，我将一无所有，我可能会死。"虽然这是芩想出来贴给前夫的，但说到敞开心扉，那么那个人的心里一定就是这句话，肯定，芩说。

那个人，那个聪明的、漂亮的暖男，好多女人喜欢他，他总是通情达理，热情慷慨，他为别人，更为家人决定一切，做一切。但你不可能听到他跟你说说他的内心，他从不和别人谈谈心，也包括芩。他看起来简直就好像是在千方百计逃避推心置腹似的。他的秘密，如果他有，那就等同于他的生命。有时芩会怀疑，他究竟是有什么秘密，是那颗心生来就带着壳，还是其实什么也没有，根本就没有——心。

芩从来没有与他有过深深的、长长的谈话。他的眼睛，从来没有带着心，像从心里看着自己的心那样久久地凝视过芩。但他是热情地爱过芩的，以至于一直都爱。他是一个好丈夫，好教授，好领导，好朋友。结婚许多年，芩看见他，还是喜爱他，想要亲吻他。他们的性生活也非常欢愉，芩的亲戚朋友都羡慕她有这样完美的男人。

好像找不到瑕疵，但找不到瑕疵就不像是真的。

似乎他从未遇见过晋升的挫折，也没有过人际关系的困扰，更没有过虚无的苦闷，他的生活、工作和爱情，都顺利得一塌糊涂……粗暴地说，这种人似乎是不会沉湎痛苦的人，不会被痛苦带节奏。他们的痛苦就是麻烦，解决麻烦就好了。他们不会把痛苦扩大，演变成对整个世界或者整个人生的悲哀……不过，难道像他们那样不是挺好的吗？！

他还会自己决定为家里买一台洗衣机。洗衣机突然被送来了，面对送货人，不知情的芩几乎难堪。甚至，有一次他居然买了一辆汽车回来，既不是为生日也不是为哪个纪念日，就是决定买一辆汽车。芩真的喜欢那辆车，真的又漂亮又实用，然而，难道不应该事先和芩商量一下吗？他说，我知道你，你一定会喜欢的。他说的没错啊，芩确实喜欢。然而他之所以买这辆车，可能并不是为了芩会喜欢。他在决定的时刻，不会想到任何人，他只看得见那个决定，他的决定。决定之后才有芩喜欢或不喜欢，也许他会意识到别人对决定的态度，也许他根本不去想别人。但诡异的是，往往，别人总是很认可他的各种决定。

有时芩会想，他就是这样的人，有一种人就是这样，这是他们的习惯。那么就是说，那种人，是芩，也是我们很多人完全不能理解的人。这样的人，与我们所在的是同一个世界吗？是有一种人，既不需要倾诉也不会倾听？他们一个人，仅仅自己就很自足。在他们的世界里只有决定？你看不见决定的思路，听不见对决定的评价，决定就是他们与世界的关系。比如，决定与芩结婚。你不能说那不是由于爱，也不能说是因为爱。你只能看见他做什么，听不见他说什么，可这样你就老是感觉不确定，不能确定他因为什么，你就不能理解他。退一步说，就算我们不能理解他，那么他自己有理解（解释）自己的需要吗？他需要给自己的决定理由吗？那些理由一般来说就是世界观，那他的世界观，到底是哪一种呢？

当我们在安东尼奥尼那里初次遇到陶尔，遇见那三个"水手"，当我们第一次大惊小怪地说：这全都太荒谬了！芩却只是笑笑，还说，她对陶尔有一点亲近的感觉，一种似曾相识的感觉。

某种程度上说，芩的丈夫，是不是也有点荒谬？像一堵墙似的，不需要任何他人似的。我们不理解他，他理解我们吗？

那个人是不是凝视过芩，芩没有记忆。但确实，他为芩做了太多的事，芩喜欢的，芩想到的和没想到但愿意的，你能说他不理解你吗？但芩最想要的，是"谈话"。可每当芩想认真地、"忧郁"地、感慨地、极其感慨地，想跟那个人好好说说话的时候，想要"感叹"或者"抒情"的时候，总是不知不觉中被他带偏了方向，不是走向快乐的玩笑，就是走向了具体的琐事，他不是故意的，看不出任何故意。可他的心里就是没有比如感慨这种情绪吗？每次都弄得芩很失望，还说不出来。

为什么需要谈话？谈话当然不是油盐酱醋，不是八卦消息，也不是关于宇宙规律，不是数学，不是文学，更不是政治与经济，时事与新闻。而是关于自己，关于内心深处，是某种"多愁善感"的模样，是一种人生观在自己生命里的隐秘经验，是某种关于人生或世界的"高调"感慨……如果提得高一点，这种谈话，必须含有诗性的（激情）和哲学的（善与正义）品质，必须涉及那些终极概念，必须有关——最高话题。

这样的话题，最多发生在青春时代，最多发生在相爱的人们之间。正如尼采关于性爱与最高精神的格言所说，性爱可能引导我们走向自己的精神高峰。崇高的精神闪闪发亮，荷尔蒙功不可没。就像钦说的，"只有爱上他，我才可能敞开心扉，袒露一切……"爱情与敞开心扉，不可分啊！

所谓敞开心扉，肯定不仅是述说快乐，主要不是述说快乐。

芩曾经宣称，一个男人如果完全没有忧郁的气质，不会痛苦（不懂得也没有经历），就不可能是深刻的，她要的可不是这样的男人。可芩的丈夫着实像一个不会痛苦的人，不，不是不会痛苦，而是不会感慨，对痛苦和喜悦，都不会。不准确地说，他从不对着抽象表达什么，他只对着当下的发生。

我们不是依据一个人的宣言来了解别人，就是凭着我们自己的经验来想象别人，以经验证明想象的正确，或者用现成的各种理论来套用，如果这所有的解释都解释不到底，我们就找不到一个统一的逻辑，或者说，我们就认为这个人没有保持他的一致性，直接的感受就是，看不清这个人。

其实我们自己的行为很可能细究起来，也并不统一，因此，与其说找不到一个统一的逻辑，不如说，他的最显著的行为模式不符合"普遍性"，嵌不进任何已有的人类行为解释系统。

好吧，有时我们就得接受一种人，一种我们自己无从解释的人。就把解释看作一种智力游戏吧。我们真正拥有的只是现象和事实。

一个不恰当的比喻，就像同性恋、虐恋，这些行为，曾经不仅不被理解，而且被视作变态或者某种恶，但最后，人类并不是解释了它，而是接受了它，将之视为人类固有的行为模式，就像男女之爱一样"自然"，是自然之一种。并不总存在某一种一个人成为同性恋的解释，童年经验，原生家庭，可能都不是。最多是契机，而契机，也不总在每个人身上都能够激活这种特质。

芩的丈夫，很可能就是一种和我们不一样的人，如果我们实在无法接受和适应，就像异性恋无法试试同性恋一样，远离，就是最现实也最正确的办法。

终于，芩不再做任何这种知识分子式的、小资产阶级式的努力，完全放弃了这种交流。芩的离婚，这或许是一个很重要的原因。这里没有价值高低，也没有道德判断。

（但是芩你注意，到现在为止，你只能说你不了解他，不是你对他的想象不对，而是你无法想象他，比如我们可以这样最善意地假设他：也许，他深刻到了我们无法理解的程度。）

而卿，却以心理医生的方式，让芩实现了倾诉的渴望。如果芩爱上卿，真是再自然不过。

你会向谁，你愿意向谁，袒露一切？按照钦的逻辑，几乎所有的心理病患者都可能爱上他们的心理咨询师吧。

但俪的顺序大约相反，她喜欢的话是："只有与你有过肉体关系的人才能给你有益的忠告。"[1] 凭着俪的聪明，

---

[1] 引自电影《性、谎言和录像带》。

她当然知道这话有破绽。

破绽是显然的，比如与妓女的一夜交欢，几乎不可能带来有益的忠告；而从触碰不到的苏格拉底那里，倒是能得到最重要的忠告。但俪并不喜欢用这样的例子来破这句话，尤其不喜欢用苏格拉底，苏格拉底，有点丑啦！

俪的意思是说，要有感觉，要有身体感觉，先要看着悦目、舒服，才会有感觉。

钦却说，我不行，我对男人漂亮无感，我需要他说话，说出睿智与深刻，然后我才能对他的身体有感觉。

这让我想起另一句话："男人学着爱上吸引他的女人，而女人是越来越被所爱的人吸引。"[1] 如果吸引更指向某种身体感觉，爱则意味更全面的身体与精神，那么俪有点像男人？实际上，钦才像这后半句话里说的。然而日常中，谁不认为俪才更女人啊！因为她对身体的表达更敏感，以她的经验，如果说爱是袒露一切，那必然起始于身体。比如，做爱之后，才有倾诉。而芩与卿的经验——如果后来，如果他们之间真的发生了男女之情，那么却是，确实是"倾诉"在先。

因此"男人学着爱上吸引他的女人，而女人是越来越被所爱的人吸引"作为一个结论，显然是片面的。或许可

---

[1] 引自电影《性、谎言和录像带》。

以改一改：年轻人学着爱上吸引他的人，而年长者是越来越被所爱的人吸引。但愿这样改了以后，可以接近当年钦与青的情形，也可以促进现在的芩与卿越走越近。

12 理解

陶尔和卓丫在一起之后，仍旧常常出海，当然不是"荒谬"出海。卓丫每回都仔细为陶尔准备行装，却从不问几时回来。陶尔出海期间，卓丫专注拍戏，在夜里或者清晨工作结束回家的路上，常常会想象一下陶尔对未来电影的赞词，那些赞词总是会不同于别人的角度，出人意料，给她惊喜。

卓丫也有卓丫自己的精彩，记得在一次电影首映式上，一个记者不无暗示地提问导演："你很了解你的女演员对吧？"导演智慧地接过问题，风趣地一语双关："当然，我了解，我对她的各个方向都了解。"简直正面回应了关于性的拍摄的暗示。而卓丫就坐在主席台上那个导演的旁边，对导演的回答，卓丫笑着怪嗔地、大方地推了导演一把，底下记者们应和着、会意地哄堂大笑，卓丫就是这么大方坦率，这么明亮坦然，不躲避也不假装，那种自由和幽默，毫不低俗，没有一丝阴暗。你要是看了直播就会感慨。

这一段视频，陶尔印象深刻，对卓丫的好感，几乎可以肯定，这就是最初的源头。

说陶尔的出海，就是为了卓丫安心拍戏也未必不可。陶尔的智慧在于，他最懂得尼采的那句话："我们除了自己，没有其他途径通向世界……"硬要解释卓丫的行为，用语言是愚蠢的。

想象陶尔与卓丫之间的倾心交谈，似乎也难。他们之间，并不一定非要互相理解，不一定非要向对方解释自己的生活。最智慧的是，他们懂得人跟人很难相互理解，不理解远远大于理解，他们都理解不理解。所以，他们关系的关键在于相信，相信彼此做什么都有自己真正正当的理由，如果他们之中有谁出轨，对方肯定会坦诚相告，只要她（他）没有向他（她）说，那就肯定没有任何事发生。他们都认为，这是最好的相处方式。

他们越是笃信这一点，就做得越好，越来越稳地行进在轨道上。

有的时候，人很难准确表达自己，用现成的语词无法表达，就需要沉默与相信。最后，他们的爱的特征就是信任，越信任就越有爱。完全的良性循环。

不能否认，那些表演消耗着卓丫，所以她不能再用解释的语言来破坏那些瞬间。当那些瞬间有人的性之力在场的时候，无论是美还是丑，都不能让其坍塌，不论是真表演还是真实践，都是人性的冒险，不能有分心。此外，戏剧之为戏剧，就是自成世界，不要有人擅自闯入。

卓丫的表演，陶尔的出海，两个人的关系，他们的情形，表面地想，小气地想，似乎最可能发生多疑与危机，但聪明的他们懂得，信任在他们之间，才有最大的用武之地。

如果说陶尔在大海无边的沉默与不息的奔腾中，摸到了某种虚无的实在，竟感到某种慰藉，那么事情是不是这样的，陶尔就是在替卓丫出海，那些海上的气息，也是卓丫的营养，每一次出海归来，看见陶尔沐风挺拔，卓丫就开始感到恢复的启动，浑身滋润生动起来。本来，按说是她在陶尔那里才有歇息，现在却是陶尔的歇息变成了她的。卓丫在岸上，等待从大海上归来的陶尔，等他就是最好的歇息？

他们的相互给予似乎看不见，他们之间并不互相凝视，他们尝试并肩看世界。他们决定以信任而并肩。情形好像是，一旦信任，就信任下去，然后创造了信任的模式。那模式又像保护层，让他们更加并肩。

其实这些，都是芩的猜想，芩的想象，以至于是芩对两个人关系的美好期待。

关于陶尔，我们仅限于安东尼奥尼笔下的那几千字。

卓丫是俪配给陶尔的，大概是俪认为，每一个男人都应该有一个女人，否则活不下去。之所以是卓丫，是俪认为卓丫自由、大气，跟一个出海猎奇的男人在一起，显得非常浪漫。

而我，我这个正在写作的人，说到底，卓丫也是写作行为想象的产物，其实我没有任何有关卓丫这类人的经验，连道听途说的八卦也没有，有的都是书上和电影里看来的，可书本和电影，都已经不是生活的原样，很可能已经被"理解"而塑造过了。因为迷惑或者好奇这样的生活方式，我让俪给她配了陶尔，似乎他们有在一起的基础。

钦对陶尔这个人物的感觉是，她说她会常常情不自禁地把陶尔恍惚为图尼埃笔下的鲁滨孙，或者，觉得总有一天，陶尔会出海再也没有回来，终于去做了鲁滨孙。

芩是喜欢陶尔的，但也说不太清楚为什么，仔细想，可能就是喜欢他的荒谬，芩敏感到其中的"不可理喻"，仿佛嗅到了某种诱惑，某个隐藏的通道。对荒谬，当然谈不上理解，但芩是个善于接受的人，不是逆来顺受，而是她有一种本事，她会先接受，然后再去理解。

正是因为这个接受，她的婚姻还是有许多快乐；当然也是因为她最后还是对理解抱有期待，而她基于自己出发的对丈夫的所有想象似乎都错了……所以最终她离开了她不能真正理解的人。

但接受与理解的关系，还是很好的经验，那种理解，并不因为事先的"盲目"接受而受损，那种之后的理解，也是货真价实、不折不扣的理解。首先接受，之后去理解，之后理解之域越来越大。就像在荒谬的后面发现了理由，发现了必然，找到了理解。

所谓理解，就是把事物、人物的进程、行为套进我们脑子里已有的逻辑、观念框架，符合、适合就是理解，一旦发生不理解，就是已有的框架、观念不够用了，需要全新的筹划和定义，以至于"发明"新的（辩证）逻辑。这样一来，如果解释了、理解了眼前的事物、人物，也必然会（顺便）理解一大堆更多的、更大的——世界？遇见不理解，有点像遇见了自己的边界？边界的拓展，许多时候都发生在思考中，发生在倾诉和倾听中。

可以这样说吧，如果最多的理解发生在女人与女人之间，那么最深刻的理解却发生在男人与女人之间。在这里可能遭遇最不理解，又具备最广阔的开拓可能。

如果这样，俪说，我就希望我的另一半是男人。阿里斯托芬假设的圆桶人为什么有两类呢，为什么不总是一套雌性一套雄性相配呢，那样才合理呀！（俪：合谁的理？如果不合阿里斯托芬的理，就没有任何其他之理。俪要合的理，其实是合自己的感觉之理。）

好吧，如果万一可以找到另一半，如果能够拼得起来，那么我们将能在同一时刻看到世界的两个方向！理解的疆域成倍地扩展。

但是陶尔与卓丫之间是相互非常理解的吗？似乎并不一定。只是芩很希望去理解他们。这是她对陶尔和卓丫感兴趣的原因。

13 鲁滨孙

有一天，钦的眼前又浮现出陶尔上岸时的笑，那个似乎可笑的结论忽然变得确定：陶尔与那三个人是同一类人。他还想与他们再同住一个夜晚，难道是想重温船上的游戏？那样的游戏不是不能重复开始，结局却一定是始料未及的，是全新的，陶尔能不能再一次浮现那样一种笑，可真不好说。

安东尼奥尼写作（想拍摄）"海上的四个男人"，是钟情于康拉德喜欢的那句格言，安东尼奥尼之意甚至更在那三个人，应该说，他们四个都是不可理喻之人。一个企图理解不可理喻之人的人是不可理喻的吗？

如果说那三个人浑浑噩噩，不在自觉中，陶尔却带着某种自觉，他或者怀着虚无的底牌，自以为抵得住所有实在，或者怀着理性的傲慢，或者仅仅跟着好奇心，想看看人性的边界？理性的边界？不管动机是什么，陶尔确实触碰了边界。

触碰边界就是企图出界，拓展新地盘，提升人类新境界。就是做不能做，思不可思。比如飞去太空，比如试探肉身承受的极限，比如发现相对论，比如理解量子力学，比如创造思维的新概念、新范畴，或者企图越过理性，走出普遍性，走出规矩，走出通常的逻辑和日常的链条，诸如此类。有的人念别人听不懂的诗，有的人写大伙儿看不懂的故事，画一般人看不懂的画儿，或者"摧毁"已然稳固的概念，"推翻"常识之墙。

出界的冲动，可能伴随着这些类似的行为，但绝不意味所有这样的行为都是真（！）的，不意味这样的行为必然通往边界之路，更不意味尝试这类行为的后果都是安全的。

几乎肯定，不是安全，而是必然危险。陶尔不过是一个偶然的幸运儿。

如果以界为限，那么界外之人与界内之人，就是关于人的分类的另一种分法，按此，无疑陶尔和那三个人在同一类里，在普遍性之外。其实严格一点说，该是分为界内行为与界外行为。陶尔的荒谬出海与那三个人在船上的麻木行为，都在界外，在普遍性之外。而陶尔的行为与那三个人的行为之不同，如果可以勉强解释，那么也许可以这样说，以上下来说，那三个人可以比作坠落出界，陶尔却是攀缘向上出界。向上和向下，并不是从道德角度说，而是从具备精神性的程度，这里的精神性，就是反省自己的能力。

那么陶尔，他的荒谬出海，可能出于虚无？也可能是好奇心所致？可以说是对荒谬的好奇心，倒是要看看，不走套路会怎样？难道真的走到鲁滨孙的希望岛上不成，如果那样，还真是不可多得的体验啊，比寻死强多了，先在希望岛上玩个够，闹个够，再去死，也不迟呗。可以算是一种积极的虚无了。

如果陶尔一不小心做了鲁滨孙，或者故意做了鲁滨孙，会发生什么？与图尼埃笔下的鲁滨孙有什么不同？

"他会想念卓丫吗？"这肯定又是俪的提问。告诉你吧，俪，关于这一点，陶尔将会和图尼埃的鲁滨孙一模一样，他们当然缺不了性，却几乎都不会强烈思念任何一个具体的女人，不会有一个女人的名字在希望岛上久久飘荡。理由简直荒谬，但绝对真实：他们太忙！

男人真正爱看的只是世界，真正想做的事就是他们的梦想。正如某种定义下的女人的视野里只有男人。

在图尼埃对希望岛上的鲁滨孙的所有描写中，也就是图尼埃对鲁滨孙的想象中，读不到一点关于爱情的，读不到对某一个女人的强烈思念，这绝不是源于可能的事实：上岛之前，鲁滨孙就是一个人生活；而是缘于男人——图尼埃，和男人鲁滨孙——他们的世界里女人的位置。

俪记得清楚，图尼埃写过的，只说是鲁滨孙在约克郡有一个妻子，现在因远离他而无法受他的精得孕。这本书里几乎没有关于对一个具体女人的思念，没有那种温情的描写，或者叫人肝肠寸断的、强烈的——情感。这个印象并不错，我证明，俪记得的那一段，总共不过两行字。况且重点不在思念，而在受孕。

或者，是不是可以说，男人，还有渴望在边界行走的人，他们对于边界的热情远远超过对女人（异性）的热情？

男人对女人的热情，总是女人们关心的。对此，钦有点不以为然，她以一个年长者的姿态说，也许我老了，我更愿意读图尼埃的鲁滨孙写的"航海日志"，要是为此忽略了女人，那就忽略吧，哪怕我就是那个被忽略的。那"航海日志"，简直像哲学家写的，只有对周遭、对自我、对思想无比的敏感和意识，才能走向那些洞见，它们显现了真正的最深远的边界。

钦熟悉航海日志：

"我的胜利，那就是用我的精神秩序加之于希望岛以抵制它的自然秩序……"

"其实语言是以一种基本的方式揭示这个有人群居住的世界，在这个世界上，他人就像是一些灯塔……"

"我的孤独不仅仅侵蚀损害事物的可理解性，我的孤独甚至侵蚀破坏事物存在的内在部分。"

"现在我知道我得到支持站立于其上的土地，为了不致动摇，除我之外，也需要别的人来把它践踏踩实。为了抵制视觉上的幻觉……白日梦、幻影、谵妄、听觉混乱……最可靠的保障，那就是我们的兄弟、我们的邻人、我们的朋友，或者我们的敌人，但必须有个人，伟大的神明啊，必须有那么一个人！"

钦好像看到一幅画面，只有图尼埃的鲁滨孙一个人站在"所有人群"之外，他的位置，就仿佛是站在边界上，不是想不起妻儿或女人，而是意识到了所有"他人"的不在，这种不在，使他发现语言、时间、价值这些关键概念与"他人"的依附关系从未如此凸显，他似乎还发现了世界"本来的"样子，所谓彻底"黑暗"的样子。仿佛走进了混沌，接近了某种开端，然而又带着所有开端之后的皱褶与重负，又沉重又迷惑……好像不需要做一切，又需要急迫地做一切……艰深又美妙。

边界有悬崖峭壁，险象环生，然而风光无限，绝非界内可以想象……

这时，一个自嘲的想法涌现在钦的脑海中：难道我不是在阅读"航海日志"这种东西的时候被航海日志里的各种提问和思考深深吸引，最强烈地感觉到满足，感觉到力量，感觉到某种甚至——幸福吗？这种时刻，至少，这样强烈的欲望绝不亚于我对男人，对我们从男人那里渴望得到的……我这也算是一种"认知的激情"吗？钦自嘲地笑了。

钦知道自己这个偶然的阅读经验（像某种激情）微不足道，但据此她能想象图尼埃，理解图尼埃为什么这样想象希望岛上鲁滨孙的生活，因为关于"一种没有他人的生活"，图尼埃的心里有不断的、一个又一个疑问。这些疑问与其说是吸引鲁滨孙探其究竟，不如说是塑造鲁滨孙的作家图尼埃自己迫不及待，充满了无比的好奇心。他的好奇心使他从各种方向去设想鲁滨孙。

他首先想到的不是通常的因果情节，不是一个人离开了家人或妻子后可能发生什么，而是一个人走进了没有他人的、除了自己之外没有任何一个别人的世界。如果一个人离开了妻子会想念，那么一个人踏上无人的希望岛时，最迫切、最有意味的词是什么？

这是人类从未有过的经验，至少是从有文字记载以来从未出现过的经验，不管是真正来自实践的，还是来自假设的。对此的想象和分析是全新的，充满了未知。是以全新角度对我们人类关于自己与他人关系的审视，是对人脱离了群体之后的可能行为的极端"探索"。想象这种情形下的发生和可能，就等于一步一步发现人（性）不曾显现的奥秘。

只有一个人，会怎么样？从身体经历到精神经历，曾经因为人群而有的规范，因为他人而有的欲望，还存在吗？如果永远一个人，如果再也不可能有人来到岛上，这一个人，料想到将一个人活到死，他会想什么、做什么？这时候，时间的意义、语言的意义、成就的意义、承认的意义、善的意义、恶的意义、价值的意义是什么？以至于，意义还有意义吗？

这个人还会有爱欲吗？尼采说的那个权力意志，这东西在没有权力对象的世界里还能够成为某种动力吗？抑或权力对象本来更多的是针对自己？此时人类的概念对这个人来说意味着什么？人类的整体性对这个脱落的个体还存在意义吗？

对这些问题的回答可是一种真正意义上的对边界的探索，真是人的边界。这些涉及人的本质的问题对图尼埃的吸引力有多大可想而知。

这种对新鲜认知的热情，那种深邃的吸引力，在很多男人——更多地出现在男人身上，我们女人实事求是地承认——身上显得非常重要，重要到难以理解的程度，可以超过其他一切需求，当然也超过对女人的需求。

所以，被图尼埃装了一脑子这些东西的鲁滨孙，哪里还有精力和兴趣想老婆孩子呢？！好吧，总是要在男人的周围发现女人，确实是我们女人的狭隘。

女人的狭隘还在于，即使知道自己狭隘，还是禁不住要问：如果陶尔的荒谬有果，真的流落在荒岛上，他会想念卓丫吗？这个问题其实并不只属于俪，这个问题并不只意味着女人只关心自己，而是意味着女人更关心在男人那里爱情所处的位置。

但是说实话，陶尔，只是起了一个念，甚至还不知道边界的方向。即使如此，也还是吸引了我们。当然我们不会忘记，陶尔也是安东尼奥尼虚构的，因此真正探索边界的人是创造陶尔的人。同样，那些航海日志则是由一个真正存在过的真实的人，一个叫作图尼埃的法国作家写的，是他的想象和他的疑惑，以及他的结论，他的认知，或者说，是他由认知的激情所创造的——作品。

好像尼采曾经说过，认知的激情是人类最高的冲动，是最有力量的，因为它最具精神性。如果激情有等级划分，从最低的冲动到最高和最罕有的冲动之间存在等级秩序，那么对认知的激情则位于诸激情等级秩序的顶端。

我们凡人，当然很难理解这种自己未曾真正有过的激情，固然我们有认知的渴望和兴趣，但从未达到过激情般的程度，更不要说能够持续地带着这样的激情生活。

但如果我们窥见了这种激情的光亮一闪，如果我们在懵懂中隐约见到小路，如果我们在自己所爱的男人身上体会到了些微冲动，一条理解之路就可能开启。

比如俪暗暗地想到自己：那么，我在那个冲动秩序的哪一级呢？其实我对男人的冲动并不总是，并不仅仅在于身体的物质性，只有有德性的、智慧的……男人，才会激起我的热情……那么，还是借尼采的那句令人不禁常常琢磨的话：一个人性爱的程度和方式一直可以延伸到他精神的最后一个顶峰，这是不是说，或许比如女人走向顶峰方向的道路，竟是在与男人的爱欲之路上？——我知道我到不了顶峰，但我想走在通往顶峰的正确道路上。真的不能不感叹俪的淳朴和聪明，她的不息的对男人的热望也是少见的。

不过到现在为止，我们还没有能力想象如果陶尔遭遇鲁滨孙的境遇会发生什么。把陶尔想成鲁滨孙，以至于想成图尼埃，也许真的是过头了，远未至此。而且，我们一厢情愿地想象陶尔的荒谬出海是出于对生活的无聊感，很可能也是错的。

就像我们在现实中的所有遇见，依然狭隘一点，比如遇见男人，或许终究，我们女人是不了解他们的，是无法真正理解他们的。这是好事还是坏事，可能相当长的时间里都会很不确定。

于是我们在公众人物的故事中，在小说或虚构的人物身上，寻找各种激情的痕迹，弥补对男人的经验，趋近想要的理解。然而那些著名的女人和著名的男人的故事，会有很多肆意的想象和编造，与其说带着编造者的意愿，用俪的话，不如说是显露出编造者的激情的等级位置。

好吧，如果是当事人死后多年被披露的真实信件，那该是真实的了。有一封海德格尔给他的婚外情人阿伦特的信，一封很丰富也很深奥的信，至少，从中可以看到真实的精神的激情，可能就是尼采说的最高的冲动，既是最高，就必然忽略那低的、那无力的、那肤浅的。

那封信，似乎值得全文引出。

14 海德格尔致阿伦特

《海德格尔与阿伦特通信集》，第 35 封。全文如下[1]。

1926 年 1 月 10 日

我亲爱的汉娜！

那个晚上——我期待了它好几周——和你的书信。我理解它，但是这并不使得它更容易被承受。如我所知，我的爱从你那里索取的东西更是不容易被承受。

---

[1] 引自乌尔苏拉·鲁兹编《海德格尔与阿伦特通信集》，朱松峰译，南京大学出版社，2019 年版。译文有改动，加黑强调为本文作者所加。

你被驱迫到了极限，要失去信仰了——即使是对于最富有生命力的忠诚来说，这种状况也不是离得如此之遥远，就像浪漫的理想化真的想拥有它的时候那样。

我已经忘记了你——不是出于不在乎，不是因为外在的状况横亘在中间，而是因为每当我**集中精力于最后阶段的工作的时候，我必须忘记你而且想忘记你**。这不是几个小时或几天的事情，而是酝酿几周和几个月然后渐渐消退的一个过程。

而且，从所有人事那里的这种离-开（Wegkommen）与闭关，从创造的方面来看，是我所知道的**最伟大的人类经验**——但从具体的处境来看，则是一个人能遇到的最为令人反感的经验。它是这样的一种经验：在意识完全清醒的情形下，**把心从肉体中撕扯出来**。

而最为困难的事情是——**这种隔绝绝不能通过诉诸它所获得的东西而得到辩护**，因为这里不存在标准，而且它不能就用抛弃人事来买单。而是，这一切都必须被承受——而且是这样：即使是对最亲近的人也尽可能少说。

带着这种必然的隔绝之负荷，我总是一再希望着完全的外在的隔绝——仿佛是一种只是表面看来的回归人间——和与他们保持一种终极的和持久的距离的力量。只有这样，他们才能免于所有的牺牲和必然的碰壁。

但是，这个痛苦的愿望不只是不可实现，它甚至会被遗忘——遗忘得如此厉害，以至于最活生生的人事现在又成了源泉，并提供了驱动力，以便再次重新被驱入隔绝之中。于是，一切都再次变成了恰恰针对至爱和至亲之人的冷酷和暴力——这样一来，这种生活就只是一种持久的要求，但它总是不能为此获得一种辩护。积极地应对这事——不通过任何一种逃避而是持守于一方——**叫作作为哲学家而生存**。

我在此对你所说的——不能也不应是托词；但是，我知道：以之我同时又让你恢复了，并强有力地把你吸引到我这儿，因为你能够理解——我们之友谊的一种向着最后边界运动的强化，只是为了使得它的必然意义变得更加迫切。"悲剧"是一个空洞的言辞，而且对于我们积极的生存意识——即这样的意识，在其中破裂被理解为一种本己的力量——来说，已经失去了所有的意义。

如果我向你隐瞒已被说出的东西，并只是直接向你保证你最终欺骗了你自己，那么一切都将只是掩盖。

当我对你说：对于我来说，现在所有的外在活动都让我感到恐惧——那么，这是对"假期"的需求，这种假期是任何政府部门都不能给予的，而是只能通过劫掠本身来夺取。而且昨天，一切都具有了一种几乎是阴森可怖的象征意义——你称呼我为一个"海盗"——我笑着同意，但是同时在"**恐惧和战栗**"中感觉到了航海的寒冷和风暴。

当你向我讲述你们关于"哲学家"的玩笑、轶事和笑柄的时候——那非常有趣，只有傻瓜和官僚之类的人才会谴责这种东西，甚或希望消除它们。但是，如果除了学识和学位的打算之外，这是唯一占据着心绪的东西，那么对于年轻人来说这一切都将是很糟糕的。

至于你的决定——当我为自己着想的时候，我说"不"，而当我在工作的隔绝之中考虑自己的时候，我说"是"。但是，积极的东西必定是一个**具体的决断**——而且，在这里，它不是讲座和研讨班的空话。在最后这一点上，完全不依赖于你和我——清楚的是：在你年轻的岁月和善于接受的学期之中，你不应把你自己系束于此。如果年轻人不振作力量离开，那么对于他们来说情形就总是不利的。这是一个标志：天性的自由已经不复存在了，因此当他们留下时，也不再积极地成长了——且不说这里的这种学生一夜之间败坏了所有的新来者，而且从一开始就使得他们不受我控制。我能够很好地想见，"海德格尔－门徒"

描述的几乎不是一个令人愉快的现象。正在蔓延着并让人害怕的是一种完全不自然的思考、追问和争论的方式。环境的这种印迹比个人更加地持久，而且与之相抵抗的人只会毁掉自己。

也许你的决定会成为典范，并帮助我使氛围更加地自由。如果它效果良好，那么只是因为它要求我们两个人的牺牲。

那个夜晚和你的书信给了我新的确定性：一切都持守于好的东西那里，而且变成了好的东西。就如我在强力时期忘记而且必须忘记一样，你即使是在你的境况之下也应当快乐，就如同具有年轻的心和强烈的期待与信念的那些人对于一个新的世界——新的学识、新鲜的气息和成长——感到快乐一样。我们之中的任何一方都总是匹配于另一方的存在，即匹配于信仰的自由和一种纯真信任的内在必要性，我们的爱就蕴含于其中。

我的生活——没有我的参与与贡献——在这样的一种阴森可怖的确定性中进行着，我相信，必定有这种新的空虚，它随着你的离去而来。几周以来一直增长着的为了创作的隔绝，胡塞尔对一次较长时间的聚会的愿望，你的决定——完全不同的力量，它们为我开始我全新的计划和工作铺平了道路。所以，孤寂的、寒冷的日子会再次到来——当此在为难题而憔悴、被一种无法抑制的热忱和必然性驱动。有时，当你看护着你的信仰的时候，你会在你的心中听见孤寂的问候和吁请，并对此感到喜悦，且深信不疑。

你的马丁

钦当时的读后感，也值得全文引出：

  读这封信，首先，大概要抛掉海德格尔和阿伦特关系的其他相关背景，以至于抹掉这封信的写信人与收信人的名字，以至于仅仅标注为哲人与爱慕他的女人。如果时时想到这封信件的真正当事人，就会被他们之间的其他事件、其他情感以及他们所在的历史处境所打搅。

  这封信传达出很多东西，尤其因为它不是一个作品，而是一封真实的信件，是曾经活在世上的哲学家海德格尔写给他的婚外情人阿伦特的信，这封信写的时候并没有想到会有一天被公之于众，这封信无疑真实。这个真实，既指写这封信的人出于自己的真心所想，也指这里所表达的认知与感觉不是出自一个非理性的，把外在世界幻化虚构却不自知的人。

"我已经忘记了你……当我集中精力于最后阶段工作的时候,我必须忘记你而且想忘记你。""就如我在强力时期忘记而且必须忘记一样……"这就是海德格尔对年轻的情人写的!年轻的女人能够理解吗?这里当然无关乎道德,只关乎事实。只有相信这是事实,才能开启理解。

"最后阶段",海德格尔的《存在与时间》是1926年完成的,因此写这封信的时候是这本大书的最后时刻。

什么是"强力时期",是不是当"思"到了紧要关头,就是专注到不能有一秒钟的分心——如同打坐般的专注,那个关头,就是突破边界的"强力"时刻?那种时刻,不仅是必须忘记,简直是必然忘记"你"——和所有人事!没有一丝这类经验的人可能相信和理解吗?

但要特别看到,信中写的是"而且想忘记你"!就是希望、但求忘记你!因为与"你"无关吗?哪一种工作只适合一个人,必须一个人?

再来看,"而最为困难的事情是——这种隔绝绝不能通过诉诸它所获得的东西而得到辩护……"这是说,他们专注,却绝不是为了专注之后,依然像打坐,既不是为了"一去不复返",也不是为了离开

"所有人事"，更不是为了拯救人类。他们只是全力地进入"当下"，进入工作，而之后获得的，如果是正面的，可能会被别人当作一种辩护，而事实上，对工作着的那个人，更多的"收获"可能也许是负面的，一切都不可预料，除了做好承受的准备，别无其他。事实上，从头到尾，对专注者来说，根本不存在"这方面的尺度"。专注者有的只是专注本身。

一种"辩护"是，他们专注，他们的工作，是为了"回归人间"。什么样的回归？他说是为了获得一种"终极的和持久的距离的力量"，这样他们"才能免于所有的牺牲和必然的碰壁"——这是什么？是不是说，他（哲人们）看到了与人群的极不相容，以至于这种"冲突"会带来"牺牲和碰壁"，于是需要距离，这种距离从根本上说是终极的，并且是持久的。但同时，又因为他依然属于人类，所以"活生生的人事"也给他带来诱惑和腐蚀，还有，完全褒义的，还带来源泉和驱动力，一种让他获得再一次、重新趋于"隔绝"的驱动力！

于是我们看到了"针对至爱和至亲之人的冷酷和暴力"，其中最弱的，最表面的，可能就是"忘记你"。

这种矛盾，这种反复的逃离与源泉，这种对于世界与生活的"应对"，正是一种所谓"作为哲学家而生存"？而在哲学家本身，经历的却是"这样的一种经验：在意识完全清醒的情形下，把心从肉体中撕扯出来"！——这是一种极其少见的遭遇，一种极度的痛苦，但从创造的角度，它很可能就是一种"最伟大的人类经验"。

所谓"最伟大的人类经验"，是不是可以对应尼采说的最罕见的激情，那最高的精神性的见证？在所有的认知中，是不是形而上的认知最艰深也最深奥？而在"恐惧和战栗"中感觉到航海的寒冷和风暴，正是某个边界的风景？

在这字里行间，毫无疑问，能够感觉到某种坚定的寒意，和对于一种最高激情的捍卫，以及，无疑，在瞬间的凛冽带来的清晰中，隐约看见一个深奥者的影子。

又是深奥者，这个始终挥之不去，也恋恋不舍的词。无论在言辞中、故事里，抑或以至于以为在生活中，每当我隐约看见疑似这三个字的影子，总是情不自禁地想要探个究竟，想要看清楚。然而从未完整和清晰过。

究竟如何定义这个词？就深奥这个词最表面的含义，就其最强烈、最宽广、最褒义的取向，我想或许可以这样来说，它是指某一种人，一种最具精神性的人，最难以理解之人，艰苦卓绝之人，深刻奥秘之人，罕见的人。

对这个词，还是要再搁置。

也许最重要的，是始终从深奥之最褒义的角度。比如，读这封信，就要注意摒除某种阴暗。如果哪怕稍稍地怀疑，那些"隔绝"和"距离"的言辞是不是因为他和她的恋爱的非法性（婚外恋）而覆盖的托词，那么就不必再认真对待这封信了。不是说这种"阴暗"（可能并不阴暗）没有合理性，但是，这种阴暗却是企图看清深奥者最大的障碍。

可以理解，也可以不理解，但总之必须带着全然的天真出发。

还有，从最浅的层次，从最表面来读这封信，也一样不会有大错。

比如，千万不要爱上一个深奥者，他越深奥，以至于伟大，他就越"令人反感"，他与你的距离就越大。那种最可怕的"经验"——把心从肉体中撕扯出来——是他们的意志，是他们主动的选择。你再勇敢，也无法替他们分担什么，除了被他们"离开"和忘记。更何况，你对自己的信心有多大？或者你在怎样的程度上，有能力理解他们，忍受他们？

好吧，阿伦特真是了不起的，固然她自己后来也是哲学家。

一个刚刚二十多岁的女人，如果真的遇见了一个疑似深奥者，收到了这样的信，开始她可能会天真地相信这信里说的，懵懂地以为自己理解。但过不了几天，她就会苦恼、痛苦，以至于抱怨。一般的女人都不可能受得了这样的待遇，也理解不了这样的解释，什么叫"我必须忘记你而且想忘记你"？这是爱情的语言吗？这绝不是普通人的爱情语言。

爱一个人，当然也必然要了解一个人，特别是能够理解他赞赏他的各种行为。如果你对他的某种行为无论如何都不能理解，不能在你的知识结构和生活常识中找到合理的归属，该怎么办？

其实"天真"是一个好词，是天上来的真实，真实地相信，相信天的真实，若能一直走下去，就是真正的幸运儿。但是一般来说，这种天真必然要坍塌，最幸运的情形，也要经过三十年，某种理解才可能到来。这还要看你这三十年经历了什么，读到了什么，懂得了什么，思考过什么……

如果三十年后，这个女孩由衷地认为自己是幸运的，那她真的是万幸中的万幸！此时，信末的最后一句话，必会再一次被她想起，并深深感慨："……当你看护着你的信仰的时候，你会在你的心中听见孤寂的问候和吁请，并对此感到喜悦，且深信不疑。"

但这个女孩，绝不会在我们中间，我们谁都不可能是她。这一点要切切牢记。

15 深奥之下降

好了，现在我们要下降，下降。一方面我们的陶尔不是海德格尔等级的，也不是所谓的"深奥者"，他也没有走到边界，即使看了一眼，也就是一眼而已。另一方面，我们女人，正如钦的笔记所写，不能轻易确认自己是幸运儿，以为自己具备探知"深奥"的能力，这种能力既包括自己对边界的爱欲之强度，也包括能够"忍受""忽略"的能力。

但是，第一，无疑陶尔有那样一种向着边界的渴望；第二，被启蒙了的女人好想爱一个深奥的男人。

维特根斯坦说："一个表达只在生活之流中才有意义。"[1] 这是说，一个表达，一个语词，无论怎样抽象，怎

---

[1] 瑞·蒙克《维特根斯坦传：天才之为责任》，王宇光译，浙江大学出版社，2011年版。

样的形而上，都有它涌现的那条河流，都有它降临的那个时刻，并且，每个词都活在它的每一次运动中，在运动中才凸显它最丰富最本质的含义。

对于认识者，在某一次运动中第一次"遇见"那个词，感觉到它的意义的时刻，就是那个词对于你的初始时刻。那个起点与其说属于这个词，不如说属于认识这个词的人。对这样的起点，我们并不总是敏感。

对钦来说，深奥，这个多年来挥之不去的词，不论其内涵还是外延，都在深入和丰富，然而那个起点，却是很晚才被她找到。现在只要一说起，那个作为起点的场景犹在眼前。

钦和青相爱着，或者更准确地说，钦更爱着青。他和她走在夜晚幽暗的校园里，小路上，简单的、直率的钦滔滔不绝地说着，说她的生活理想，那高高的目标，想象着青，要求着青，甚至批评着青，也鼓励着青……她说的没有一样不对，没有一样不好，青也这么认为，但青始终没有应答，没有说话，只是一味地沉默，沉默了整整一个晚上。直到钦说累了，他们才回寝室。

那整整一个晚上的沉默，没有一句回应，没有同意，也没有一丝不耐烦，青一直都在听，专注地在场，这一点钦明明白白。但自始至终没有一丝声音来自青，甚至，连身体动作也没有，青就好像是校园里的另一棵树。

钦对青的沉默，除了接受，也没办法。她不解，甚至有怨气。

其实青的沉默很简单，也很残酷：他当然也想要最好的样子，但并不决定与她一起。这沉默，不过是男子汉这个时候最大的善意。

但钦没有跟着怨气走，很快忘记了怨气，却对那长久的沉默迷恋起来，以为极其深邃……

这本来是一个极一般的场景，是两个人爱的程度不相匹配的日常。钦停留在责怨才是真实的，然而她偏要偏想。她以一个年轻的读书女孩的夸张和浪漫赋予了这沉默深沉的意味：那沉默是多么折磨人啊，那沉默又是多么深刻，绝不解释，绝不琐碎，那不就是一个男人的刚毅吗……于是青不仅是一个上进青年，一个好男生，还是一个不同一般的、有时"不可理喻"的男人，这个不可理喻完全是个褒义词，有着非凡的意思。你让钦说出理由，她说不出，或者说，她一定要解释那个沉默，就用了最不平凡的方式；她不能理解那种沉默，就赋予它深奥的标签。

据此，女孩钦把男人的定义与沉默相连，把沉默与深刻相连，把深刻与深奥相连。或者竟可以说，后来她总是爱显得深奥的男人。深奥经常成了钦想象中情不自禁的方向，深奥也成了我们四个女人笑谈中不可或缺的词汇，成了男人优良品质中差不多最重要的一个。

虽然经验并不惊艳，但这样的渴望从未消失，就像一种认定，认定深奥是作为男人不可或缺的品质。如果说在思想中经历的也是一种经验，也是一种真实；如果说在逝者中，古往今来，在言辞中，在传统与经典里，曾经有过真正深奥的男人，钦便是"见过"许多深奥的男人了。

但深奥这个词，无法准确解释，一个形容词，含糊的、没有贬褒指向的词，无法定义的词，只能属于个人，属于一种感觉，属于一种倾向，甚至一个时刻。

直到有一天，我和钦不约而同地读到了尼采的一段话，这个词才真正凸显，醒目地镶在我们的生活布景上，再也不会消失。

尼采真是描述得太好了，既抽象又生动，既在生活之彼岸，又在生活之河流。

"凡是深奥的东西都爱面具，最深奥的东西甚至对画面和比喻都怀有一种憎恨。难道对立不才是真正的伪装，以掩盖一个神的羞耻心吗？一个令人生疑的问题：如果从来没有一个神秘学者敢在自己身上这么做的话，那可就太奇怪了。确实有温柔的过程，以至于人们非常乐意通过粗暴来把这些过程淹没，好让他人认不出来；也有爱和一种毫无节制的宽容行为，在这些行为背后，最好的建议是拿起一根棍子，痛打目击者，这样就可以模糊这个人的记忆。有些人善于模糊和滥用自己的记忆，为的是至少能在自己这唯一的知情者身上进行报复——羞耻心擅于发明。使人们最感羞耻的不是最糟糕的事情。在一个面具后面不仅仅是奸诈，在计谋中还含有许多善意。我可以设想，一个想隐藏一些贵重东西和脆弱东西的人，生活中会变得很粗暴，会像一个包上铁皮、旧的、绿颜色的葡萄酒桶一样，在生活中滚来滚去，是他的羞耻心让他这么做。一个有深度羞耻心的人，在只有很少的人能到达的道路上，会遇到他的命运和温柔的决定，而他最亲近和最信赖的人也不能知道这些东西的存在。他们的眼睛看不到他的生命危险，他们也看不到他重新获得的生命安全。这样一个隐藏自己的人，这个人出于本能，需要沉默和隐瞒。他要不停地逃避说出真相，但他会并努力地让他的面具漫游在他朋友们的内心和头脑。假设，他不愿意这么做，有一天他会发现，尽管如此，在朋友的内心和头脑中仍然有他的面具，这样也很好。每个深奥的精神需要一个面具，更有甚者，围绕每种深奥的精神会不断地有一个面具生长，这得归功于对每个字、每一步和每一个生命符号的错误解释，也就是做出平庸的解释。"[1]

一些行为好像若合符节，一种感觉若隐若现，一些面孔似曾相识，一种精神隐秘诱人，一个遥远遥不可及。

虽然青并不是一个深奥者，这一点后来钦再清楚不过。但她感激那个晚上，那个难忘的沉默。那是一个契机，一个尚未显露的开启。因此她才会对毛姆笔下的莱雷的"特权"若有所思，她才会在读到伏尼契的《牛虻在流亡中》时，被列尼给儿子的教诲深深触动[2]，她才会在书上做了标记，又抄在笔记本里。那个夜晚的沉默在她的大脑深处从未离开。是她理解深奥者的种子。因为沉默就是深奥的脸，沉默就是深奥最显明的语言。

从此，深奥与深奥者，成了钦的保留词，这一节文字，也成了我的保留引文。我们一再地琢磨、玩味，展开它的折叠与隐蔽，提问与联想，猜测与细究，进入表面之下又回到表面之上，在深奥里寻找深奥者的面容，又在深奥者那里进入狭窄的深奥之渊。

---

[1] 引自弗里德里希·尼采《善与恶的彼岸》，李健鸣译，华夏出版社，2020年版。
[2] 参见陈希米《深奥者的朋友》，《骰子游戏》，湖南文艺出版社，2021年版。

然而，究竟是他们深奥者自己戴了面具，还是平庸者我们把深奥的面具戴到了疑似者的脸上，谁又知道呢？

16 辨认

我们说钦是一个喜欢"深奥"男人的女人。钦把这话当成了表扬。

其实，无论钦还是芩，我还是俪，我们对陶尔的想象，哪怕是对陶尔可能的深奥最初步的想象，也是我们的一厢情愿。我们都对陶尔有着不言的假设和期待，一种奇怪的行为后面该是一个不同寻常的男人？在他的荒谬中有着不同一般的秘密合理性？对此有人会轻蔑地说，这是女人的荒谬逻辑。老实说，这种思路在某些女人对男人的想象中很常见。他的行为若是用"酷"字来闪耀，就带上了英雄般的光环，如果他的动机始于对虚无的挑战，就仿佛跟深奥沾了边，假如把他在船上所遭遇的解释成某种人性的边界风景，他就成了可能在边界行走的探索者。

而正是基于对陶尔这样的想象，俪才把卓丫配给了陶尔。

你看卓丫又何尝不同呢，某种程度上，卓丫确实也是一个非同寻常之人。她所做的和可能遭遇的感受，是不可预料的，是无比复杂的，很可能还是叫人崩溃的。她需要的力量，或者说她需要的理由，以及给自己的解释，没有现成的，不能轻易获得。要靠她自己在探险中领悟，在行为中找到。甚至还有对自己的新发现，对自己的敏感和否定……

不能不说，俪是智慧的。

陶尔与卓丫之间，可以说相隔很远，工作与阅读，都很不同，然而也可以说彼此非常理解——他们都相信事前预设你无法理解他人，才是理解他人真正有效的出发点。如果你带着你的偏见，带着你的意愿出发，或者大多数情形是，你带着你不自觉的早已被摄入头脑里的各种教诲（对这些教诲，你从未联想到自己，从未艰苦思虑过）出发，那么你差不多除了误解别人就是否定别人。两个人都明了这一点，是他们能够和谐相处的真正基础。

视陶尔和卓丫为曾在边界行走的人，大约不算过分。他们彼此很少交流，与我们更少交流，还有一个重要原因是，他们遭遇的经验，发生在普遍性之外的地方，可能还没有命名，没有名词，现有的言辞是针对已经显现的，已经经历的，被提炼思考过的，而那新的，从未出现过的风暴的形状或者彩虹的温度，它们还要等待充分的显现，等待我们人类咀嚼，然后才能吐出词汇。那个地方现在还不是，不能算是我们的领地，要等到我们有了那个词，才算"看见"了它，命名了它，拥有了它。

如果说陶尔在某一天去了希望岛，再也不能回返，那么我们必然听不到他最后的感受和思考，那么卓丫呢，暂时我们也听不到她的感受，因为她也还没有等到那个"词"，而那些词，将在未曾预料的行为和情感中发生和发现，并在一再"重复"和思考之后"锤炼"成词。目前，似乎每一个现成的词都是错的。

好吧，于是我们只能浪漫地想象一下，把他们想象成探险者，开拓者，先用已知的词，前沿的词装扮他们。他们是英勇的，是危险的，是肆意傲慢的，是放浪形骸的，是病态的以至于在泥沼中的，在冷嘲热讽的风中，在颠簸无际的浪的上方，在深邃和无边中，在流血流汗中，亦在一种自在轻盈中……然后我们设想，这种种异样的观感，带给了他们无比的慰藉。

我们必须想象他们曾经有过"无比的慰藉"。

钦之所以在第一次读安东尼奥尼的小短文时就对陶尔印象深刻，是因为她简直想当然地认为陶尔是要"出逃"，而且出逃的方向是边界，她似乎觉得，陶尔的荒谬不是荒谬，而是对某种严肃的掩盖。严重地说，甚至，陶尔是深奥的？什么才是深奥，单单不懂不是，荒唐荒谬不是，孤独求败不是，与众不同特立独行也不是……

深奥这个词，大约指向一种艰难的认知，指向辨认和不确定，指向神秘未解。每一个深奥都有它的景象和位置，它的季节和时刻，它的水域与陆地，它的高远或逼仄，它的海市蜃楼，它的窘迫幽暗，以及显白与隐约，宽窄与曲折。每一个深奥的表面都不同，深奥是遇见深奥之人的功课。

物理学家费曼有一个关于怎样预先知道某个猜想是正确（真理）的方法，有三条，第一，你可以通过它的美和简单性来认出真理；第二，当你这样做知道它是对的，它就明显是对的了；第三，如果你不能够立刻看出来它是错的，而且它比以前的理论更加简单，那么它就是对的。

这虽然针对物理定律，其实也适用所有的分辨和确认。

17 正义的出处

却原来，那个陶尔，早已从安东尼奥尼的笔下走出，与不凡的女人卓丫一起，背负"深奥"的使命，与我们一起，带着钦对青的回忆，期待见证卿与芩的爱情故事。那属于俪的对男人的幻想是陶尔名字上的光环，而我对安东尼奥尼的爱，是陶尔出身（与生俱来）的正义。

18 黑色

那么，就说陶尔是一个华裔，假设他在中国改革开放的初期出国求学并在澳大利亚开始他的事业，等到二十世纪九十年代初，他便开始把商业目光投向国内市场。他是最早在中国印刷行业投资进口德国海德堡四色印刷机的人，也是最早把西方畅销书引进国内图书市场的人，他有着敏锐的市场嗅觉，对时机的洞察和开拓精神，在同代人中是遥遥领先的佼佼者。

在圈子里，他有挺高的荣耀，从财力到地位。但他从不跟卓丫炫耀这些，一开始就没有，以后就更不。当然不是因为卓丫多少也算一个有点名气的演员，而是因为他有感觉，他知道他们彼此等级相当，能量匹配。虽然，卓丫的力量显然是在另一个方向。

最先发现这一点的是卿，为此卿还夸俪有眼力。

卿注意到陶尔在很多场合的照片中的表情。他说他能感觉到陶尔在拍照的时候，在心里的某一处，一定有卓丫在。仿佛卓丫在某处看着他。这个时候，他的表情不管是严肃还是放松，都总是真实、节制，恰当，甚至显得高贵。

有的时候，卿说能够发现，陶尔会"走神"，就是忘记了卓丫的"在场"，那个时候，就或许可以看到，有时得意有点超过了限度，语气或者表情里带着某种肆意，甚至姿势都会显得夸张，那是虚荣心趁虚而入的时刻。要是突然卓丫"在场"，卓丫"降临"，他就会立刻警醒，马上回到了或者认真，或者谦逊，或者真实的状态。

有时候，还会发现他的表情游移不定，似乎还没有拿定主意该自由放纵还是真实节制，那个时刻，是他在判断卓丫的态度呢，是他在问卓丫。

如果卓丫在场，无论是身体在场还是精神在场，总之是陶尔感受到卓丫在场的时刻，他就绝不会自以为是、过分自信，总是知道减一分力，低调又得体。卓丫，就是那个他信任的人，那个跟他有身体关系的女人，那个了解他的人。她了解他，看得懂他，好像对他一览无余似的。任何做作、虚伪、膨胀或者怯懦，可能都逃不过她的眼睛。他们彼此看得见，不是因为彼此的不尽述说，而是他们能级相当，位置相当，简直也可以说个头相当，不会因为一个比一个低很多而看不见另一个，也不会因为一个比另一个高很多而忽略了低的。

卓丫就像一面镜子，提醒陶尔不忘记反观自己。

俪的高论又来了：男人要站到自己对面来看自己，太难了，必须借助女人！

卓丫自己呢，你在屏幕上看到她做爱，各种姿势，各种意味，身体的各个部位。但你印象最深的是她的脸。虽然我们看人，记住人，当然重点是脸。

那张脸蕴含着对各种复杂情形的一贯态度，不犹犹豫豫的态度，不暧昧的态度，不惧怕的态度，以及臣服一切的态度。那张脸又抽象又叫你联想无穷。

想到性的全面裸露，眼前浮现的却是她的脸，一张坚定的脸，不漂亮，也不难看，或者说不进入好看不好看这样的层面，她就是那个有那样的"勇敢"作为的人，坚定中含有笑意，那个笑意仔细琢磨，像是有一点谦逊在里面，还带有一点忽略，好像是对你们的疑问和惊讶的忽略，却并不是居高临下般的忽略，因为还显得多少有一点不好意思，但又并不为此有某种或者含羞、或者歉意、或者自卑等等的情感。

她的脸，轮廓清晰，甚至刚劲得像男人似的，很可能是因为曾经看到她用尽全力做爱所带来的印象，连在表演受虐中也是竭尽全力。如果在做爱中，女人作为接受的一方，那么她的接受是一种最强的反作用力。

卓丫的脸，最典型特征是坚定。以至于她的脸从来不能用甜蜜、随便、沮丧这样的字眼来形容，但是可以用爽朗、傲慢和痛苦这些词汇。

卓丫最喜一身黑衣裙，与其说是因为她身材高挑，因为她是单眼皮（好像单眼皮配黑色最接近女巫的感觉），不如说是因为她喜欢那个嬷嬷，那个电视剧《年轻的教宗》[1]里面的嬷嬷。那个嬷嬷是她看见过的最有女性魅力的人，那个嬷嬷——她总是这么说——是最最充分地穿出了黑色魅力的人。

那个嬷嬷，她是年轻的教宗的养育者，她对年轻的教宗充满了信，就好比她相信她所养育的，相信她自己一般。这次她要代表教宗进入新闻发布会，一个有欧洲各大报记者参加的发布会，教宗居然选定她做代表。她一脸皱纹，她一袭黑衣，她该怎样走进会场，用什么步态走？问演员，问导演，问教宗？

她用速度！

她像一个黑色的幽灵飘进，不，飞进了会场。那种年轻女子的速度和姿势，让她骨肉的性感透过了黑色长袍，穿过了黑色长袍，掀起了风，然后随风迅走。那种性感因为黑色长袍而更加性感，那种性感因为黑色长袍而饱含神秘。她不像现代女性，也不像旧时代的修女，不像官员不像记者，她像一个姑娘，穿着单色T恤配彩花中裙那样带着小腿的跳动走进会场，但她一袭黑色，但她的脚后跟每一步都紧贴地面。她穿的是平底鞋。我们看见她黑色的背影，那背影里充满了能量和颜色。黑色从未那么跳跃，黑

---

[1] 由著名导演保罗·索伦蒂诺执导的电视剧，其中嬷嬷一角由奥斯卡影后黛安·基顿饰演。

色从未那么坚定，黑色从未那么妖娆。她是嬷嬷，要是你据此假设了她的节制和禁欲，你就会越发感觉到她是地道的女人，在那一袭黑衣之下，分明刮来一股强劲的女性之风。甚至可以说，她的欲望犹在，却以另一种方式，以一种完全正当、正向的方式。

她对年轻的教宗充满了信，她相信她传达的是至关重要的，是正确的真理，是不容置疑的宣言。对信众，对媒体，不需要阿谀，不需要轻蔑，不需要妥协，也不需要敬仰，只要坚定准确，如风一样的力量，如光一样的短暂。

这样的嬷嬷，全然是女人，更是嬷嬷，无比的不同寻常的嬷嬷。一个杰出的女演员，才能留下一种难忘的跃动的黑色；一个令人震惊的导演，才能塑造一个养育了这样的教宗的带着灵的嬷嬷。

一个令人震惊的导演，卓丫你遇见过他吗？遇见这样的导演，是女演员真正的福气。卓丫不是迷恋黑色，黑色早已存在，卓丫迷恋那种特有的黑色的速度和单属于嬷嬷的步态。她有了感觉，就必定会模仿如真，把它变成卓丫的黑色，卓丫的步态，卓丫的风格。

一个女演员，你到了那个时刻，就遇见了那个令人震惊的导演，或者，直到你遇见那个令人震惊的导演，你的时刻才到来。

你从女人的穿衣品味和喜欢的颜色，就能知道她的性格和心性。最关心女人穿着的从来不是男人，而是女人。女人与女人初次相遇相识，最先注意的就是对方穿什么衣服、裙子和鞋子，以及戴什么围巾。这些表面印象可能会极大影响到她们对彼此的评价。

比如俪，正像她有过很多经验，她的穿着也是风格多样，有时夸张鲜艳，有时非常男性化，有时不修边幅到极致，有时又奇怪到诡异，但显然全都是刻意。正如她有能力喜欢各种类型的男人。

如果俪穿黑色连衣裙，那么就要在舞池中，并且以绚烂沸腾做背景。

而芩则总是端庄，偶尔冲动买一件艳丽或稍稍夸张的，之后肯定是送给别人，不会真的被她穿出去。可如果在葬礼上人们都着黑色，芩就是悲哀中最肃穆、优雅、高贵的。

关于黑色，我一直以为，如果你还不能以某种速度疾走，如果你的骨头还不够轻盈，如果你疾走的步履还不能让后脚跟稳稳贴合地面，那你就要谨慎选择黑色。黑色有它的空间，也有它的时间，只在恰当的地点和时刻属于你。

那个嬷嬷，是最配穿黑色的女人，可以在任何场合穿，并且可以从年轻一直穿到老去。她能把黑色的灵荡漾开来，以她矍铄的精神。

卓丫，则是我们身边的人中间最能撑得起黑色的人，陶尔这个不修边幅的男人有一天竟说，你看卓，像不像正在起飞的黑天鹅。她穿一袭黑裙，站在甲板上，海风吹起裙摆，黑色长发强劲地向天空舞动，瞬间里空中闪过翱翔的卓……这惊鸿一瞥，肯定是被卿抢拍到了。

卿对芩说，虽然他很难理解陶尔与卓丫的关系，但羡慕他们之间的这种状态。卿还说，我觉得陶尔和卓丫应该也很满意他们之间的状态，但要解释他们之间的关系，可能他们自己也没有能力。

所有解释，都来自已有的理论，别人的理论，以及现成的语词。但真正的动机，未知的，隐秘的，潜在的，连自己也未知的东西，要把它们找出来，说出来，说清楚，绝非易事。

俪曾经听到过一个男演员谈及自己扮演的一个暴力角色，说那个角色使他要唤醒自己身上的粗暴以及攻击性……这是说，他身上原本是有粗暴和攻击性的？他能够通过表演唤醒它们？且不说为什么要唤醒，到底是应该约束它们还是唤醒它们？因为一句平行的话是：那个角色使他要唤醒自己身上的温柔和耐心（以及其他好品质）。这里只需看到，唤醒即意味着原本存在。

我们身上究竟还有多少可能被唤醒的东西？应该被唤

醒的东西？以及，永远也不会被唤醒的东西——因为那些东西从来就没在我们身上。

有句话说，凡是我们能够想象的，其实就是我们可能具有的。我们想象的边界，就是我们可能性的边界。进一步说，我们不能想象的，就是我们可能不具备的。但是没有能力想象的，现在想象不出来的，不代表以后也不能。所谓发挥想象力，就是说，想象力这东西，是可以长进的，是可以更多更丰富的。说明我们很可能还具有看似不具有，但也可能潜在地具有的东西，只是还没有契机。就像需要等待"唤醒"。

不过有一点是肯定的，就是我们注定不具有的，我们肯定无法想象。

对我来说，对卓丫的感觉就是这样，不管是通过俪对卓丫的了解，还是通过芩的观察，钦的猜想，以及通过让陶尔与卓丫在一起，都无法真正了解和理解卓丫。

著名女演员夏洛特·甘斯布曾经说过一句话，给人极深刻的印象，她说："导演拉斯·冯·提尔了解我的一切，我的身体，我的一切，一览无遗。他很神秘。但我喜欢我们的关系。"我的眼前，一会儿甘斯布的脸叠印在卓丫的脸上，一会儿卓丫的脸又叠印在甘斯布的脸上，无论如何都难以理解她或她与这样一个异性——了解自己的身体，了解自己一切的人——究竟是怎样一种关系。无疑信任，但最重要的很可能是神秘。"他很神秘。但我喜欢我们的关系"，这里的转折"但"说明她也不能说清楚这种关系，但——喜欢这种关系。

但，但是陶尔对这种"喜欢"怎么看？不论是陶尔还是卓丫，他们都仿佛在挑战中生活。

钦的思绪却是，信任与神秘，不就是深奥者的题中之要义吗？

19 经验

"只有与你有过肉体关系的人才能给你有益的忠告"，这断言显然是一个假命题，但偏锋剑飞，一贯如注，带着叫人迷失的节奏，容不得思考。对这句话印象深刻的人，各有各的心思，不同的人把自己不同的经验附会上去，肯定它或否定它。俪引这句话的时候，当然不是指所有与她有过肉体关系的人，她只是觉得，身体接触是"传"神的，跟那个人有身体接触，就是在接气和传气，气场不对，必然不能相融。她强调的意思是，赤裸的身体是灵魂相见的条件——一个必要条件。

如果钦对这句话表示赞同，那应是在她和青还没有真正分手的时候。钦企图以与青之间曾经的肌肤之亲来保障他们的灵之相契，钦自以为那肌肤相亲的经历肯定了他们彼此能够给予最好的忠告，其实这不过是钦自己骗自己，等到他们彼此真正走远，毫无见面愿望的时候，这话就不仅会被忘掉，还要被否定。

卓丫则因为极不认同这句话而对这句话印象深刻，每次都在心里反驳，她知道肉体常常根本不带着灵魂。

而暗恋者如我，就更不信这样的话，比如那一夜之情——肉体关系，怎么比得上持续一生的暗恋！要知道一个暗恋者对暗恋对象的关注意味着多少了解，那不才是忠告的根据吗？

芩对这断言有免疫，对她来说，不存在想要去肯定或者否定某个特定身体关系、某个具体的男人，也不期待什么忠告。忠告，人们总是在忠告中，不是想要得到忠告，就是想忠告别人，其实所有被接受的忠告都是自己原有的愿望，所有的忠告都是妄念。儿子的死让她的身心都死了。卿给予她的"治疗"，其实只是很多个小时的共同沉默，陪着她不说话，就像与她站在了一起。最后好像是卿真正帮到了芩，但卿从没有给过芩一句像样的忠告。要是这话为真，那么终究会有的忠告一定该在他们之间发生了身体关系之后，这听起来多么可笑。不然这样想也行，如果哪天卿认为这话有道理，那就是卿对芩有了欲望。

积极喜欢这断言的人，是年轻的、对身体还有热忱的人。如果有一天你希望得到走过身体之路而来的忠告，就是你不仅爱忠告，也爱身体。

在俪看来，如果不发生性的暧昧，不触动爱的情感，真正的袒露就无从启动。袒露渐渐深入走向爱，爱的萌动让袒露越来越真实、深入。亚当和夏娃最初的相遇，不是人与人的相遇，而是男人与女人的相遇。男人与女人最深的区别之心，造就了最迫切的融合之心。最自由无忌的关系发生在（性）爱的连接，看起来最自然也最必然。

俪一直都很向往有一个心理医生，然而一想就把他想成了男人，想成了可能的恋爱对象，一想，就把做心理咨询当成了摆脱一刻孤独的可能。这证明了只有男人才能帮到俪吗？说俪狭隘，其实哪个女人不狭隘。以这种狭隘的角度出发，芩与卿的关系几乎走向注定。

病人，向医生述说一切，关于身世、童年、父母、异性、恐惧与期待，无论多么隐秘与怪异，这个倾听的人既不会伤害也不会嘲笑，还会理解和帮助。仅仅因为他们之间事先被定义为病人与医生的关系，所以她可以向他袒露一切而不必怀疑自己爱上他，如何肯定他对她的关注和同情理解都仅仅是治疗而与爱情无关？俪难以想象这如何可能。

剧情的进展证实着俪的感觉，女患者与男医生（男患者与女医生）之间发生依赖的事件屡有发生——可能还不能叫作爱情，但简直和爱情毫无二致。如果两个人，如果他们在封闭的空间里，谈一切，就像在两个人之间铺好了产生爱情的一切土壤，那么发生爱情就不是什么悬念。

"只有与你有过肉体关系的人才能给你有益的忠告"，虽然钦并不信这话，但钦期待有一天芩能听进去这句话，假如有一天芩开始留意这断言，就是她苏醒过来，想要进入与他人的亲密关系的征兆。而卿，就是现在离芩最近的人。

"只有爱上他，我才可能敞开心扉……"这句话的一个反证是，如果你向他敞开了心扉，就意味着爱情在悄悄启动。

卿作为一个心理医生，当然听过太多千奇百怪的故事，相信人的可能性无穷无尽，懂得人的多样性和差异性无论怎样估计都不过分，因此人与人的关系类型就更加难以界定和命名。但他并不因为了解这些而在爱情与性的问题上是一个所谓"开放"的人。卿是保守的，相信爱情在终极意义上的价值，与其说赞成一夫一妻制，不如说信奉爱情的专一性。

卿对待肉体关系的态度极其严肃，在他看来，肉体关系的物质性正是其严重的不可抹杀性，它强硬地存在，覆盖上去的言辞无法消弭这种物质性。

他固执地要求爱情的定义，要求爱的对象的唯一性、绝对性，要求身体作为凭证。正如在心理分析中，生理是心理的证据。他认为，爱的对象的唯一性、排他性，是狭义的爱情的题中之义，否则便不是爱情。所以虽然他欣赏陶尔与卓丫的关系，但从根本上，他其实不相信这种关系的硬度。这也可以从对"只有与你有过肉体关系的人才能给你有益的忠告"这句话的反面得到某种佐证。

有一点是肯定的，就物质层面而言，无论是卓丫和其他男演员之间发生的，还是俪与太多的男人有过恋情，她们都是那种与男人的肉体关系在生命中显赫存在的女人。

我们贫乏的经验够不着她们。

就像我们也同样够不着所谓的"柏拉图式的爱情"。

然而我们又似确乎知道，哪些真实，哪些不真。

有某男作家，声称自己是性爱专家，不仅号称大胆描写性，还暗暗让读者觉得，他很擅长（擅长性，还是擅长爱？），他经验丰富，是个出色的男人……俪对这类自信向来态度轻蔑，不是出于自己的自信，而是出于永远的不自信，因为她知道存在一种"最高的欲望"，这会使人永远心存敬畏。俪专程去书店买了一本他最风行的书，读后只是轻轻地说了一句话："一看就是没有经验的……"没有比这更狠的话了，我们听了笑死了，那个男作家会羞愧至死吗？

俪，你真不愧你的经验。

没经验——没有爱的经验？没有性的经验？人各有经验，你怎么就知道我写的不是经验，而只有你的经验才是经验呢？经验不是真理啊，如果你经验不到人家的经验你就无法否定它。好吧，似乎有理。

然而无理。

我们凭直觉凭共同的人性知道，这一个描写是真实的，另一个却是编造的，这一个是根据某个哲学理论的图解，那一个是按某个心理学说法来编排的。还不仅是从细节，更是从氛围，从视角，从心理的真实性，来感觉到作家本人的真实——他的真实不是他是否有过他描写的实在的经历，而是他是否有过那样的情感，那样的欲望。——虽然那感情可能从来没有具体的真实对象，虽然那欲望可能从来没有在另一个人身上实现过。——那欲望无论是他的猜想还是他曾经有过的欲望，都该是他深深理解的欲望，或者曾经是他的幻想，以至于他的梦魇。它们都属于他，属于真实。而那些他以为的情感、应该描写的情感、凭空想象的情感，以及他按照某个理论或者词汇构造出来的欲望，却很可能是假的，不属于他，也不真实。

真实，不是现实地、物质地发生过，而是诚实地"经验"过，无论是在梦中还是在幻觉中，都一样是真实。也正因为此，我们才敢说——虽然不一定说出来——哪些是假的。

就算俪的经验无论怎样也有限，可重要的在于，她是一个地地道道的女人，一个热爱男人的女人，所以我信她的话。

那些真实的物质经验并不是以数量取胜的，正如俪说的，重要的在于是不是达到过一种深刻的感情。深刻的感情与欲望的满足无关。深刻的感情就是指它唤起了你一生中最高的欲望，从肉体到精神，它预示了一条追求最高欲望的可能之路，它可以持续一生。

而且，俪说，那个唤起了她最高欲望的人并不是给她最大满足的人。

所谓高峰体验，就是人们说的"我到你这儿就停止了""很多人到我这儿就停止了"（哦，男人常常这样说）那类话，意味着对方或者自己卓尔不群，具有超出常人欲望能量的人说的那种经验……

但是，还有另一段话仿佛轻轻越过高峰：

> 因为他，不是感觉到停止了，而是感觉这桩"事业"竟可能无止境。他给予我迄今为止的最好的满足已经退为其次，重要的是我知道了，他还会给我更

好的!或者,竟也可以说,我终于知道,这世界上的高峰,是永恒向上的。在生命没有停止之前,我不敢断语了。

说这话的,当然可以是男人也可以是女人。但这里姑且当是女人在说。这样的男人,就是唤起她一生中最高欲望的人。

因为欲望,与欲望的满足无关,而是与欲望的产生和不息有关。欲望的意义只在于欲望之中。

有人说,在这里,爱,是居功者。

所谓发生了爱情,居功者并不一定是那个被爱者,很可能是爱者(一般总是有一个爱者与被爱者的区分,爱和被爱的程度难有旗鼓相当)。要看这个爱者能够掀起自己爱的能力有多大多高多持久。爱者要发动全部的生命力量去爱,以至于不管这个对象本身究竟如何。事实是,这个爱者确实能量巨大,看起来几乎是潜力无限,燃烧自己至最辉煌和耀眼,最好的情形是,也引爆了被爱者与其一起燃烧。

在男女之爱里,女人常常倾向于把男人当作指引者。无论是她把他放在高的位置,还是他本来就居高,总之是,若他能够激发女人,就配做指引者;而女人是一种爱的激励始终在身的生物,这是图尼埃假设的证据。她一旦确认爱上他，便开始了"爆发"，持续的、深入的、高亢的、耗尽般的——爆发，一个人的生命竟会隐藏着如此巨大持久的力量——这常常发生在女人身上，连她自己事后回想起来，也惊讶不已。

还有一种情形是，被指引者——女人，走到最后，甚至可能会走得比指引者更高，在峰顶伫立更久。于是，"他还会给我更好"或许会变成"我还能够更好"。

"我还能够更好"，这话要是女巫爽来说，男人肯定不爱听，爽说，以她（们）的经验，最好最持久的高潮不是靠外力的，不是靠男人的器官（但可以靠男人），不是靠外来之力（说穿了就是不靠器具），也不靠自己施与的物理之力（说穿了就是，也不是通常的自慰），仅仅凭靠大脑和心脏（我们除了这样称呼别无称呼，我们无法说明什么是心灵，什么是灵魂，什么是智慧）。肉体，看起来是独立的，最多只是震颤，以至于持久的、激烈的自我震颤，以至于呼唤和呐喊，但是什么也没做，什么也不做，任凭思绪和想象，走高走远走进天地走进彼岸，然后不知道力来自何方，掀动了身体，掀动了性，那最深处的，远远超过了身体的长度却仿佛依然在其中，那近乎无限的深处和长度，就在女人的心脏和大脑。

如果灵魂必有一个载体，那么只能在肉体中，在心，在脑。抑或，它分布在我们的每一处，无论多么小的地方，我们身体的任何一个地方，都有灵魂的"细胞"，按照图尼埃的假设，就是我们女人身上的任何一处，都有爱欲之魂在等待点燃。

爽说，最好的性体验实际上最终可以由我们女人自己创造。我自认经验贫乏，见识狭隘，要不就是还没有活到那高度或者那年纪。但有一种推理自然来到：如果你遇见了爱，如果你遇见了给你最高欲望的男人（从肉体到精神！），那你没准就可能在某一天具备自己单独前行的能力，因为你的道路正确无误。于是俪说，我们不如选择信女巫，信爽说。

当然女巫的话不可当真。你不是女巫，你的经验平庸。

20 高峰

尼采曾经这样描述叔本华给他的最初印象，说那是一种"仿佛是生理学的印象，是一个自然植物的最内在的力量向另一个在最初的和最轻微的接触时就有成效的自然植物的那种魔法般的倾注"，那种"强有力的舒适感在他的声音的第一个音符出现时就抓住了我们；对我们来说就像是走进了乔木林，我们深呼吸，突然又感到身心舒畅"。尼采觉得，叔本华身上有"某种无法模仿的落落大方和自然而然"，他说话时，没有那种"僵硬和不熟练的肢体，心胸狭窄因而笨拙地不知所措或者装腔作势"，也"没有阴郁易怒的姿态、颤抖的手、茫然的眼睛，而是可靠的和质朴的，具有勇气和力量，也许有点豪侠和强硬"，"他的力量就像火焰在没有风的时候那样笔直和轻盈地升腾，从不迷失，从不颤动和躁动"，"他就像是被重力法则所迫使一般奔向那里，那样坚定敏捷，那样不可避免"。[1]

然而我们知道，在尼采十六岁的时候，叔本华就去世了，尼采根本没有见过叔本华，但他的描写里竟有手和脸、声音和眼睛、呼吸和姿态。如此强烈真切，不可思议。那简直就是，尼采在语词里，在字里行间，读出了叔本华身体的样子。那样子必带着灵，带着叔本华给予世人、给予世界的从肉体到精神的整个生命感觉。

于是要问，我们会因为单纯的阅读而爱恋上一个人吗？我们说爱情离不开身体。尼采对叔本华的爱是精神之爱。但是，既然可能透过精神之爱看见身体的姿势，听见呼吸的声音，看见身体的火焰，一个必然的推测是，如果一个人曾经有过尼采遇见叔本华这样的经验，那么简直可以说从美的灵魂看见了美的肉体，那他至少不会在行平常的身体欲望之事时轻率和任性。

---

[1] 参见弗里德里希·尼采《作为教育者的叔本华》，《不合时宜的沉思》，李秋零译，华东师范大学出版社，2007年版。

如果以一个高贵的灵魂想象了美的身体，那么必然认为美的身体要配给高贵的灵魂，而绝不会对一个猥琐的灵魂产生身体的欲望。

所以当我们兴奋地追求完全的身体满足的同时，总是希望把精神渴求吸纳进来，希望这个欲望的对象是善的，是美的，甚至是智慧的；而一个灵魂的优异，也会引发我们期望以身体的满足去获得它，实现它，我们很可能会在那灵魂的美中看到身体之美。如果我们简单地把这两种感觉说成一个是精神之爱，一个是身体之欲，那么事实是，我们总是不能把两者清晰分开，他们原本是一体，身体的爱欲从灵魂的爱欲中得到激励和视野，灵魂的爱欲又从身体的爱欲中得到血气和动力。

钦记得，她与青在一起那可称之为献身般的做爱，记忆深刻的总是连着《悲惨世界》的浪漫。他和她初恋的起点，可能始于青说出热爱冉阿让的那一刻，也可能始于钦仿佛把青当作了琼玛热爱的牛虻的时刻。但肯定不是第一次触碰，第一次接吻。

而青向钦的表白不是许诺，却是这样的坚定：他愿意与她一起，哪怕去最穷困的乡村教书。如果把性爱看作某种疯狂，那么带灵的爱欲就是神圣的疯狂。它是身体之善，也是心灵的德性和觉悟。我们可能因为性渴望而使自己充满了学习的活力和正义的勇气，因为"诗歌和哲学的源泉，是性爱欲望的典型表现"[1]；我们又可能因为阅读一本书而爱上一个人，我们会渴望同一个人谈话就像渴望性爱一样强烈。亚里士多德说"人有两种伴随着强烈快感的高峰：性交和思考"，如果思考即思考整全、永恒和完美，那么爱情作为一种幻觉其实是对人不完整性的最强烈的敏感和觉悟，爱情的动力一旦带着永恒的方向，向着整全和完美，此时简直可以说，性爱是为了思考——这才是文明人的最高欲望。这样的欲望，不仅一定不粗糙不脆弱，不低俗不狭隘，而且因其向着无限的生命力，这欲望会"无止境"地高。

这或许就是俪曾经说到过的"最高的欲望"，它不是性欲最大的满足，它是由深刻的感情所唤起的追求从肉体到精神的最高峰的可能之路。

所谓最高，因为没有最高，最高总在最后，所以最高并不发生在过去时。如果发生，一般总发生在现在、当下，或者未来，以及永远的之后。当然也就一般不发生在一个人一生中的青年时期。但能不能走上这条可能之路却取决于一个人的青年时期。这就是为什么有人把苏格拉底著名的话"未经检视的人生不值得过"改写成"未经检视

---

[1] 引自艾伦·布卢姆《美国精神的封闭》，战旭英译，译林出版社，2007年版。

的青春不是真正的青春"的道理。[1]最高的欲望当然不是狭隘的欲望本身，它必须携着思考整全的能量。

人的欲望，从什么时候可以高了再高？又从什么时候又竟会低之再低？

而哲学与诗歌、阅读与谈话，如果它们曾经是欲望的源泉也是欲望的硕果，如果我们曾经想要做一个最好的人去爱并且爱一个最好的人，如果年轻的激情不是在（爱情的）幻想中殒尽而是在思之反省中持续和更新，那么就可能不断地聆听到内在的最高召唤，而有望踏上走向快感的高峰之路，触及"最高的欲望"。

那么是不是可以说，无论是因为阅读而爱上一个人，还是因为爱上一个人而阅读，都与思密不可分。抑或比作性交和思考，这两座高峰，如此竞相的张力，当最潜在地蕴含着人性提升的最高可能。

---

[1] 参见罗伯特·波格·哈里森《我们为何膜拜青春》，梁永安译，生活·读书·新知三联书店，2018年版。

— 只有面对一个你已经不再爱的男人,任何刻意才都多余。

21 脸

呼吸是你的脸

你曲线在蔓延

不断演变那海岸线

长出了最哀艳的水仙

攀过你的脸

想不到那么蜿蜒

在你左边的容颜　我搁浅

我却要继续冒险

最好没有人明白我说什么　只有你听懂我想什么

你一脸沉默

什么　我没说什么　我没说什么

湿湿的汗水不只一点点

你眉头是否碰上黄梅天

来吧　滋润我的沧海桑田　你每一脸

是我一年　已好久不见

抽烟　抽象的脸

雨绵绵让我失眠

一点一滴的沉淀　累积成

我皱纹　在你的笑脸

最好没有人明白我说什么

只有你听懂我想什么

你一脸沉默

什么　我没说什么　我没说什么

——《脸》

（林夕作词　王菲演唱）

呼吸是你的脸，哀艳的烟雾，沉默的蜿蜒，是你的脸，呼吸在你的脸，攀登在你的脸，都是你的脸。我们总是从脸开始进入，看到一个男人或者女人，从脸开始攀缘，无论是皱纹还是微笑，是沉默还是歌唱，沉思还是肆意，他们都具象，有皱褶，有袅袅的姿势，有演变，有角度，有倾有斜，也有平稳与光滑。

搁浅就是挫折，蜿蜒就是逶迤，蜿蜒也是崎岖，蜿蜒还是美。

歌者的情绪竟在哀痛中开阔起来，有一点点艳丽，不是红的，可能是蓝，有的人听到了远方，有的人听到了过去。听到了孤独一点也没有骄傲，听到了孤单却有一点坚定。歌者的声音高亢——用最轻的高音；然后又以慢慢起来的日常匆匆，之后再一点一点攀爬，向着汹涌的高处。再高亢也就是拉远我们的凝视，直到朦胧里，直到流下自己的泪；但是我们不说什么，也不要被听懂，不要被看见。"只有你听懂我想什么"——只有你！你们！这是幻觉，是企图。

一个人，怀念一张脸、一个他，一种哀怨，一夜雨中失眠，旷日经年如同昨日，我真想有这样的你，让我攀你的脸，让我迷失在你的脸，哪怕搁浅触礁，我要冒险⋯⋯冒险的人在浑然不知中已经冒过了，心碎了，竟赢了似的——我不说什么，我没说什么。我知道你们已死，沉默就是你们的死。

我的沧海桑田，是一点一滴，一粟一埵。是你的脸，你的眉头，你的眼，你的山峦，你的汪洋，还有你的呼吸，你的复活。

抽象的脸，因为抽烟而抽象。没有脸，只有浮雕般的烟的意向，沉思的意向，沉默的意向。

没有人明白你说什么

只有他听懂你说什么

——你一厢情愿吧。一厢情愿的爱也是美的。

他一脸沉默，宛如当年校园里的沉默；好久不见，因为再没有相见的愿望；好久不见，因为死亡隔开了他和她；好久不见，因为好久变成了永远，永远再也不是好久。

没有人听懂你在说什么，也没有他，更没有他们。你没说什么，什么也别说，说什么也说不明白，不需要明白，也不要说，只要歌唱，用最高的音，无比轻声地唱。

你的笑脸，你的笑脸在哪里，这样的你还有吗？是你？还是你们？我不问，我只是一遍又一遍地听，直到最后，也不过是想要学会唱这首歌；最后的高潮，只不过是：我没说什么我没说什么——我们依旧唱那些平庸的歌——我终究学不会唱这首歌，这首歌太难唱，太难唱。

但是，是你的脸，看见你的脸。

脸，你的脸，是崎岖，是秘密，是丛林，是荒野，是悬崖，是险隘，是我的无尽的路，你的远方。

脸，你的脸，是深情，是港湾，是坚定，是宁静，是凝望，是勇猛，是山岗，是溪水，是袅袅的烟，也是云，是我的天边，你的无限。

我爱你，爱你深邃抽象的脸。

22 发现身体

我爱你，也爱你身体的全部可能。

用手，用完全、透彻张开的五指，把最强的力发射到每一个指尖，去摸她的头，或他的头，你试过吗，那样的动作会是美的吗？你去做，慢慢地做，专注地做，还要她，或他，全神贯注地呼应，也把最强的力发射到头顶，发射到前额，然后，就接上了火焰。[1]

现代舞的编舞者清楚地知道，最纯粹的舞蹈就是最抽象的身体。编舞的某些灵感仿佛来自拍摄慢镜头时呈现的过程。把那些过程解构、延展，加大力度、幅度和深度，然后定格，定格那些构成、过程，就看到了之前看不见但却存在的动作，那些动作本来属于身体，属于我们，但被我们的运动和速度忽略了，也被我们游移的目光忽略了，被我们的思绪忽略了，被周遭的人和物忽略了，被言辞忽略了。

把那忽略的放大，再让它创造、生长，让身体自由起来，找到它的边界，它的可能，它的美，那原本就是我们人的可能，人的美。

男人和女人跳舞，就是亚当和夏娃跳舞。

轻盈的女人被男人蜿蜒地举起，盘绕在男人之上。他们有时又对峙般地，不是在一个动作的结局中对峙，而是在构成中，在半路，在行进中对峙，以瞬间的定格表现这对峙，这瞬间是我们不常发现的，不曾注意的，那样的姿

---

[1] 此节内容得益于观苏黎世芭蕾舞团《冬之旅》。

势好像我们从来没有做过，但是我们做过，我们能够做出的姿势一定是我们做过的，但我们忽略了它们，就像我们忽略了多少眼神，多少心绪，多少感觉。要一步一步走，一寸一寸走，一厘一厘走，时间就来了，瞬间才能被发现，放大它们，看清它们，留住它们，表现它们，是舞者的欲望。

只有对彼此完全的信任，才能在任何一个时刻停顿，不管那时刻是他仰赖着她，还是他支撑着她，是他发力，还是她静谧，是他追随，她奔流，还是她旋转，他掌控。

男人因为女人而延展，女人因为男人而升腾。女人像男人身边的昂扬，仿佛是男人的阳气之刚。男人却像脚踩着大地，作为女人的支撑，阴柔地在各个方向接住女人，护卫与承担，仿佛是女人的阴气之源。

每一个男人后面是男人，每一个女人后面是女人，他们和她们前赴后继，连续地"挺身而出"，渐渐地，要创造出不可能——新的可能在诞生。

仿佛一切都在身体里，全都通过肉身表达，所以有些动作你未曾见过，因为他们现在没有语言，也没有表情，他们只有四肢，还有头。对，还有屁股，有胸，有长胳膊，胳膊从未这么长过，腿也是，那么长，那么生动，即使在静止的时刻也凸显着它的存在。

男人以不曾有过的站姿，或者悬空般的躺势，以不曾做过的动作，以从未尝试的与女人在一起的角度和方式，去和女人在一起。女人，用她的手，一只平稳的手，平行于地面，伸至他的脸，坦然蒙住他的眼睛，他极度信任地接受这样的动作，就像女人在他手里有时随他心、所他欲似的，把自己交出去，美丽地交出去。

有时会发现，有些动作显得怪异，然而却并不像第一次见到，那么很可能那些看起来怪异的动作，其实是我们做过的，在无意识中做过，在心里做过，在梦里做过。有些动作显得诙谐，却使得那些大幅度的强烈有了缝隙，有了弹性。一些是非日常的动作，是我们能够做出的简单动作，但是因为没有需要，没有功能性，所以我们从来不做那些动作，也没发现那种造型。此时当我们发现这竟也是我们的动作，是我们身体之所在和所能时，还会稍有一点点陌生的感觉，奇异的感觉。然后你仿照着去做一下，发现完全可以胜任，做起来毫无问题。但是你不仅没有这么做过，一辈子也没见过别人这么做过。那些动作给你陌生感，也给你新颖感，还给你创造的感觉，仿佛用身体创造出了某种新鲜的未曾有过的情感。就像词汇来自某种感受，反过来词汇又创造了某种情感。现在，是一种动作发现了一种情感，找到了一种情感，表达了一种情感。

感激编舞者，他们是身体的发现者，以至于创造者。

抽象的舞蹈，没有确定的情节，偶尔只有词汇给一个模糊指向。它不是针对特定的情绪特定的个人，而是企图呈现各种可能的"表情""眼神"，不是通过叙事，通过性格，而是通过身体——抽象的是所有人的身体——的可能性，在所有方向上，所有的前进和退缩，速度和停顿，跟随和依偎，拉开与连接，进入人群或者脱离人群，进入大地与墙内，或者追随天之雪，地之风，而翻滚、腾起。

人类关系中最简约、最本质的，是亚当与夏娃的关系。男人与女人，彼此的顺从和张力，两个人之间有多少种态度，就有多少种姿势，就好比有多少种情绪就有多少种眼神。反过来，每一个动作就是每一个可能，每一种连接就是每一种关系，每一个距离就是每一种意味，每一次停顿就是每一次开始。

每一种每一个都可以细腻，深入，延展，生长。之后，将会饱含意味，意味深长，那意味是身体带着灵而来的。

我们观看者，仿佛也跟着舞者舞动，血在走，筋在抽，心在跳，汗在流。气息流动，节制有力，控制的细腻到分厘，发射的力度抵达指尖。等到舞者谢幕，竟像自己终于跳完了全场一般。在这样的"模仿"中，一定会得到某些启示，那启示是因为身体而降临，还是由身体而生发，是灵加持了骨，还是骨抵达着灵，我们竟无从知道。

但无论怎样，我们感激身体。

23 你

我爱你，因为你是你。

什么是你，你，必须由我来称呼，必须是在我对面的那一个，你面对着我，我看着你，我才说：你，而不说旁边的他，也不说不知道在哪里的——他们。

我看着你，凝视着你，立刻，或者终于，我把你看成了独一无二的你，我爱上了你。

于是你就是那个阿里斯托芬的寓言里我的另一半，一个曾经的我。我们息息相通，血肉相连。我就是你，你就是我。你摸着了我，我闻到了你。直到遇见你，我才找到了我。因为你是我的一部分，因为我缺少了你就不是我——原本的我，整全的我——我和你。

我，有我们，有你们，有他，有他们，但最重要的是要有你。

那句"永恒的女性，引我们飞升"[1]说的其实是"永恒的你，引我飞升"。我把这个你，当作理想的化身，以为你就是那个不朽的神在人间的样子，在与你的相遇中，我期待着自己生活的无限可能，期待着那个可能的最高实现，那个二合而为一的时刻，那可能就是我们与世界之

---

[1] 引自歌德《浮士德》，绿原译，人民文学出版社，2019年版。

"一"相融的时刻。承认你，就是承认所有的他人，肯定你，就是肯定一种绝对，一种绝对就是一种精神，一种绝对就是一种信仰，一种信仰就是一个无限，由此我们上升，向着永恒的方向。"你"的担当重大啊，你，有了你的绝对意义，才会有我的绝对意义，这就是这两句诗说的吧：

> 我知道，偶尔望一望星辰，
> 我和你，都把它当成了神。[1]

这就是下面这句话说的吧：

> 当亚当神圣地看着夏娃时，他见到了上帝和夏娃。
> 当夏娃神圣地看着亚当时，她看到了上帝和亚当。[2]

夏娃原本是亚当的，亚当原本是夏娃的。每一个女人的身体里都有一个最初的夏娃的灵，每一个男人的身体里都有一个亚当的灵，那个贯通的灵就是神。当"我"遇见"你"的时刻，就是亚当的灵触到了夏娃的灵，于是，"开端"再次被开启，灵要苏醒要光大，来自起点的能量，无比纯正有力。

---

[1] 引自索洛维约夫《爱的意义》，董友、杨朗译，生活·读书·新知三联书店，1998年版。
[2] 引自弗雷德·艾伦·沃尔夫《精神的宇宙》，商务印书馆，2007年版。

那是神降临的时刻，只有神的降临，才能证明我找到了你。

我们相爱吧！

真正地拥抱世界的方式必须通过拥抱一个人，拥抱一个具体的你。你，曾经是钦也是青，后来可能又是芩或卿，俪走过了一个又一个你，我看见了现在的你和过去的你，我们都把美丽的、善好的、神秘的、一切高的东西，聚集于你，投射于你。与你相遇的日子，或许短暂，或许恒长，都因为爱的光照而高尚、美妙、深邃，将成为一生的动机和激励。

你，必有这样的一张无比深邃的脸，还有这样一个无限可能的身体。无比和无限，是你的永恒也是我对你永恒的爱。你换了名字换了脸，换了时代换了衣裳，却永是那独一无二的、唯一的——你。曾经我们终于相遇，如今我们再次相遇，未来我们永将再遇。

我们又见面了，好久不见！

据说有一种黑人之间的见面问候语：闻闻我吧！——多么雅致！

那么，闻闻我吧！闻闻我是不是那个曾经的你，闻闻我是不是你喜爱的那样一种香，闻闻有没有那种原始的醇厚，尘土的味道[1]，有没有伊甸园的气息。是的，"独居不

---

1 《旧约·创世记》2:7：耶和华神用地上的尘土造成人形，把生气吹进他的鼻孔里，那人就成了有生命的活人，名叫亚当。

好"[1]，你来了，你又来了，你就是我的帮手，我再不是独自一人，我有了你，我又有了你，独一无二的帮手。我把你，把你当作了神赐，那最高的恩典。

我，和你，我和你。我们只能知善恶，我们必须知善恶，从此我们一起辨善恶。所有的善，所有的美，都来到我面前。我从未如此地倾身于善，从未如此敏感于美。

我和你，我们在一起，是不是最大的善？是不是善的新起点？这个相遇是归属，这次相遇是回家，这种相遇是复活。

我爱你，以我童年的信仰。

来呀，闻闻我吧！俪超爱这样的问候。那么，闻闻我吧，钦，芩，覃，琴，芹，还有所有的 Qing……

俪啊，你该去对着青和卿说，还有所有的 Qing 去说才对呢！

24 闺密时刻

又是一个闺密时刻。到了近乎花甲之年，闺密们之间

---

[1] 《旧约·创世记》2:18：那人独居不好，我要为他造一个配偶帮助他。

愈加坦然肆意，百无禁忌。

俪啊，你有那么多的经历，会不会连名字都记不全了？她不好意思地说二十个还是记得住的。我怀疑她每一次都伤筋动骨，她说当然不，有的男人，因为太漂亮了，实在是想和他站在一起，或者真幽默，真智慧，她喜爱他们，会做一个全麦面包送给他，给他买一顶酷酷的帽子，或者和他去一次庐山，再远一点，就是去西藏。那么俪，哪一次最让你刻骨铭心？是那个给了你最大满足的那一个，还是掀起你最高欲望的那一个？

倒是覃自顾自接上了话茬"说老实话，最力量的确实是黑人"，她的话令我们侧目，却都没有吭声，可能不知道该说什么，是表示赞赏还是表示轻蔑，抑或还有一点对自己经验之匮乏的遗憾也未可知。

琴打破沉默说："严格说来，我其实只有两个，别的都无关紧要。"怎样无关紧要，是做过了仿佛没有做过，还是跟有的人，无论如何都不会到做的地步？抑或，她是针对覃——究竟什么才是紧要的呢？我总是希望提各种问题，但又总是只在心里面提，没有说出来。

芹说："我是从被介绍对象到结婚，一条大道走到底。虽是经人介绍认识的爱人，几十年相濡以沫，这不就是爱情吗？"不能说这不是爱情，但是，这离我们想象中关于爱情的词汇，那些翻江倒海、要死要活的词汇怎么那么远呢？

我不禁想起王尔德的尖刻，他曾经借他小说里的一个角色说："好孩子，一生只爱一次的人才是真正的浅薄之人，他们自称忠实、忠贞，我则称之为习惯懒惰，或是缺乏想象。忠诚之于感情生活，就像一贯性之于理智生活——都只是承认失败。"刻薄偏激到如此，也算是诸多面相之一吧。

别看芩不太发言，但她说过，她也是仅仅和丈夫，离婚之后，更是独来独往。但是我知道她心里肯定还有过别人，但她既不会在婚内有任何越轨，也很难重新进入一种亲密关系，她的标准很高，因为对爱情寄予了太多期望。而且，最理解俪的肯定是芩。虽说她的理解就是她的欲望，可又怎么能不说她的节制就是她要的生活呢，一个人的经历着实就是他的世界观。

芩理解俪，却绝不会像俪那样生活。

钦却又想起了那个所谓的连续性，那些一次又一次奋勇追求爱情的人，难道不意味着他们对爱情的信仰吗？如果说爱情意味和象征着完美与永恒，而任何完美都是一种幻觉，任何一个个体、一个男人（狭隘的女性视角以及异性恋视角）都无力承担完美，那么失望就是常态，但跌倒了爬起来继续，坚持对完美的肯定，不正是"至上"的一种样貌吗？比如俪，她对爱情持久的、不息的热情，还真是我们难以企及的呢！不管怎样，爱情至上，这个似乎一目了然的词，在这里又显露了它的另一个面向。

那么，"每个女人都自慰吗？"

女人都说有过。

——"我这些年才开始有，是不是太土了？"

——"我是在一次心理学问卷中才知道这是被允许的。那大概是在二十世纪九十年代中期吧。"

"我跟你们说吧，女人自己会比跟男人做的好得多，最好的经验是女人自己为自己创造的。"闺密中的大巫婆爽似有权威地说。这是她的老调子。不过别以为她是吹牛，她一定有证明，很可能是她自己的经验。她说过，实现最好可能的其中一种方法是：言辞。

有人表示吃惊，芩在一边安静地说，我在书上读到过，福楼拜说他写到小说中的恋爱场景时，会在书桌旁打飞机，这算不算啊？好吧，这样的"方法"可不是凭空想就能想出来的是吧？对巫婆的态度就是，信她真的有巫性，明白自己真的是凡人。

——"我只跟我爱人。还需要吗？难道不是多此一举吗？"

——"也奇怪哦，咱们怎么学会的呢？天生的？"

俪依然不示弱的，连她自己跟自己，也有故事。俪说，很多年之后，她才知道，她的第一次，发生在流体力学的期末考试，答题卡壳着急中——这一下彻底完了，肯定砸锅了……发生的时刻她完全是懵的：忽然，自发的，记不得有什么物理因素，没有外力，但有出发点，出发点可能就是一道难题，一个紧张，那个时刻是明确的，但走向恍惚，忽然一股通体的刺激，眩晕轰然而至，整个人无法不跟着那种感觉走，答题再着急也得中断，身体好像不能动弹了，一切都停顿，或者一切都悬置，只是紧致，满满的冲刺与密度。你要问是不是快感，真的不知道，没想到是什么，就是从未有过的异样，又仿佛知道是什么，还没着急起来就已经冲了过去，像闪电穿过了身体，随后隆隆的雷声纷杳而至，期待更远之行。隐隐觉得有再来的企图，那是快感的意愿吗，还有一点害怕，也有一丝以为是生病什么的念头，不知道发生了什么。雷过之后，她仿佛虚弱地穿过了一分钟真空地带，才回到答卷上，但这事并没有给答题带来什么运气或灵感，那次她考得一团糟。奇怪的是，过后对如此的异样竟没有检视，俪说，其实过了好几年自己也不知道发生的是什么。又过了些年，才意识到那就是第一次。

芩没有再说什么，她其实什么都了解，虽然并不都去做。最重要的是，她由衷地接受一切。她没有说自己，但我知道，那是说，她也有过的。

芩曾经给钦讲过一个她听来的梦，后来被钦以钦的方

式改写在一部小说里:

那高潮的声音是从未听过的悲恸,悲恸终于被喊出,降落之后,她看到了哭泣,从未见过如此放肆的哭泣,没有一点羞耻。她没有想到,他的悲恸,竟是这样迈出了监门。

是她激起了他,但他不要她,他要自己,毫无羞愧地当着她的面,只当着她的面,只自己做。她知道,他把她当作自己人了,他终于放开了对自己的监禁。他的悲恸,不能对着一个特定的目标,不能对着她,他的悲恸与她无关,但是他现在愿意坦白这悲恸了,在她面前,为此她感到了莫大的荣幸,她与他终于亲密无间——远远超出能够生出孩子的那件事。

他得自己开始,因为他的悲恸就是始于孤单,他没有了她,他如何做?他还怎么能做?他自己做就是背叛?背叛原先的她还是背叛自己,抑或是背叛神圣的爱情?

他不知道。

他只是,他不想或者尚不能,似乎无法再开始。

他开始,就是他又开始看见了世界,他终于看见,又看见女人,看见她——原先那个她的后来者。她是多么欣喜啊!他终于爱上了她。他在她面前……

她岂不是以一种最远的方式最近地得到了他！她知道，他要再一次启动，这是他终于突破自己的方式，也是终于邀请她的方式。

之后，他们才在一起，在一起做，再做一次，一起！

琴读过之后说，钦啊，这个梦被你这么一深奥，还真有了意味似的。钦说，我总是猜，上帝赋予我们的能力，每样都有深意，都有属于它的必然时刻。人什么时候是自己跟自己？人总是在和别人，和一个你，或者一个他。越是无用的行为，越不可能是无对象的，对吗？

那么这个梦，究竟是男人做的还是女人做的？是其中的他做的还是她做的？在座的几个女人，谁都很难把一个自己认识的人，一个真切的她或他，以及他原先的她，或者她原先的他，对号入座嵌进这梦里，无论是做梦人还是梦中人。但她们又着实相信，这梦是真实的。意思是，这夜梦里发生的，可能真实发生在白日。

25 哀悼现场

下面这个梦，却不是听来的，是琴亲自做的。

她梦见自己死了，梦见了自己的哀悼现场，梦见了前夫。但芩梦见的，是前夫如何地不在哀悼现场。

哀悼现场来了很多人，很多芩也不熟悉的人，但他们都知道芩的名字，芩也算不大不小一个做过官的人，这种官在京城里也太多了。重要的是，来的人似乎不是因为都认识死者，而是他们之间——彼此都认识！那么，他们是来参加聚会的？这个说法恶劣，不像芩的风格，但好在是在梦里。醒了之后芩倒是可以原谅自己的。

他们之间握手，问好，有些人记着哀悼的使命，有些人会忘掉，只顾着聚会的习惯。他们聊天很尽兴，好久不见的人见着了，于是有了很多合影。芩仔细地听，人们会说到死者，不过一两句就够了。话题很快转到他们都关心的议题上去，比如国难即将发生，又有了很多小道消息。他们都是真正的知识分子，以国家命运为己任，这是真的，完全没有讽刺的意思。至于他们的意见依据，并不重要，任何意见，都会有依据不够的问题。但他们的态度呢，真诚者居多，但智慧者少。这也是必然。芩并不希望人们把注意力放在她身上，活着的人当然应该关心活者的事。所以这样也蛮好。

对了，他们还会注意到都有谁来了。在这里，就如同在世间其他地方一样，也有重点，和重点人物。那是一个人表达自己的一个场合，表达自己在哪里，想在哪里，假装在哪里，以及告诉别人自己在哪里。

实际上在哪里呢？并不是每个人自己都清楚的。现场，好像有一个人的目光与视角挥之不去，仔细端详，芩发现是她的前夫。谁在哪里，就他看得清清楚楚，但他并不在现场。在梦里，可以清楚地感觉到他虽然不在，但一目了然的目光无处不在。

还有谁真正了然呢，当然是死者，好在死者什么都不在乎。

梦里，芩与其说是看到了前夫不在现场，不如说是强烈地感觉到了他的在。

他确实不在。

但她分明感受到他悲恸万分。

在一个人的一生中，只会对很少几个人的死产生一种真正的哀悼。他，他现在感觉无法表达他对死者的感情，他那么无能为力，既不能去看她摸她，也不能跟她说话，不能去一个地方，也没有仪式——一个只有他俩参加的仪式。

不是，人们不是已经发明了哀悼仪式了吗？有坟场，有告别室，有殡仪馆，有纪念会，也有聚餐，种种。

但那不是他要的，他不要别人，他的痛苦太难看，不想叫别人看。

他只是坐在家里，一遍又一遍地想：她没了。将在任何地方都找不到她。他的手，在空中什么也抓不住，只能自己动作，扭曲、伸展，直到最好能够弄断一条腿或者一只胳膊，可是其实弄不断——是他自己给自己下不了手吗？——不是，是她不愿意。

甚至对他来说，她早已经在空间上也遥远了，可她在他心里的位置一直很重，他一直爱她。但他无法告诉别人，几乎没有人理解他说的。其实很多人已经忘记了他与她的曾经。

死者与那个悲恸欲绝的人惺惺相惜，默默对话。死者知道，人群一散，就都走了。只有他会陪着她，一陪就陪到他也死去的时候。那个时候，他和她就团聚了，就可以谈谈哀悼现场的故事。看看死者在哀悼现场见到的，和在家里坐着的那个他所想象的，是否一致，是不是真的有那么多的合影和那么大的话题。他们不会嘲笑，不然还能怎样呢？仅有的哀悼之心，只能去现场，去真诚地表达出来。所有去哀悼现场的人都是对的。

但那最难看的、不被理解的、过分的悲恸，是不便表现的，简直像表演。——他无法去现场。他现在是谁，他的悲恸不会被理解，更不想被人看见。更何况最难的是，他无法站起来，抬不起腿，无法着正装平静地出门，悲哀会使他迈不动步，根本走不到现场。这种物理反应最叫人无奈。

一个死者，她在自己的现场，最后的现场，如果隐约感觉到了那个在家悲恸的人，更加悲恸的人，会感到欣慰吗——人家的悲恸竟是她的欣慰，真是残忍。

芩确定自己在梦里是感觉到了某种欣慰的……

这个梦第二天困扰了芩，以她有限的心理学知识以及那些释梦理论，她起先想的是，这个梦说明了什么，是说他和她依然相爱？他真的还爱她吗，依然爱她，如此爱她……可他不是再也没说过吗？他不是再也没有找过她吗？

梦见他如此爱她，究竟是说明其实自己仍旧非常爱他，还是说明希望他依然爱自己？后来芩明白了，这两条都不是，真正困扰她的是：她不了解他！这才是这个梦的真正"目的"。

固然她知道他爱她，他曾经为她做的一切早就证明了，但她没有走进过他的内心，他很少有多一句的表白，更没有解释，不，这不是为了高尚的方式，甚至也不是高尚，不是不去解释，而是在他那里，直接达到的就是解决——行为。这就是他的方式，他可能是不善于，更可能他连想也没想过需要交流、很多的交流，可能在他的内心，也一样是没有感慨却只有态度的，就像他的外在，差不多只有行动。他只有表象，或者关于他，我们始终只能了解到表象，再也没有别的什么了。——事实总是，再也了解不到什么了。

芩因为终于不能理解他而放弃了他。但她错了吗？如何去爱一个你无法理解的人？那个人本质上跟你是不一样的，不仅不是一类，而且相距甚远。

原来人跟人的壁垒竟是这样，芩悲哀地想。一个问题不禁又要向他提出：你不觉得你这样爱很痛苦吗？她知道不会有回答，即使当着他的面，他也不会回答。他真的是天生不会回答这样的问题。有好几回，她简直想砸开他的脑袋看看。

芩不禁，又是一阵感慨……

26 重逢

夜幕低垂，岁月如梭如歌，如铁如梦，一年又一年，我们失去了一个又一个爱人，一个又一个朋友，死亡也在悄悄逼近我们自己，那最高的欲望是否依然在？我们在变老，我们还有能力做一个情人吗？

当我们老了，当差不多所有的情人都离去了，只有那个曾经跟你谈过生命的意义、跟你一起试图探索无限的人，那个曾经与你共同思考过正义、美和善好的人，那个与你有过真正严肃谈话的人，那个曾经爱过你、你也爱过他的人，只有他，或许会认出你，再一次认出你，当你们"重又谈了"，当你们"重复"那样的交谈时，你们可能会"重新"爱上彼此。——有人如是说。

我们曾经那样地谈过话,我们还能再有一次吗?譬如:我们曾经袒露一切,如今我们还能赤裸相见吗?

如果我们依然有爱的能力。

如果那时我们太年轻,如果曾经,"幼小的灵魂被强大的躯体所胁迫""简陋的灵魂被豪华的躯体所蒙蔽""喑哑的灵魂被喧腾的躯体所埋没"[1],那么现在该是,将有一个强大的灵魂,一个丰富的灵魂,一个磁性的灵魂,以护卫那羸弱的躯体,抵抗那孱弱的躯体,激活那寝弱的躯体。

如果你曾经爱,如果你老了,依旧爱,那么每一次爱都可以看作又一次爱的"重复",因为每一次爱都是相同的高峰体验:我与你,我将与你——那个绝对者、理想者、最高贵者——合一!这种体验是幻觉也是理想,是象征也是真实。那个你,当然不一定是真的跟自己接过吻的人,不一定是那个与你有过肉体关系的人;而是那个与你有过一样的阅读、一样的思考的人,那个在爱情里寻找和接近着自己人生最高意义的人,那个有过一样的青春经验的人,甚或没有过真实的经历却一直深怀这种渴望和梦想的人。比如卿,他曾无数次地期待和设想过这样的交谈,这样的爱情。

那样的相似经验和始终的愿望在年长者的爱欲中不可

---

[1] 引自史铁生《比如摇滚与写作》,《记忆与印象》,北京出版社,2004年版。

或缺，将成为真正重要的东西。正如哈里森说的，在夜幕低垂之时，让爱保持活力的，该是智慧。在老去和死亡逼近的时候，能够盛开的鲜花不是激情，不是荷尔蒙，却是"逻各斯"，是智慧的谈话。

如果说一个人年轻的时候对诗歌和哲学的热情是性爱欲望的典型表现，那么正好反过来的是，一个年长者身体里依旧燃烧欲望的正当之路，恰恰表现在对诗歌和哲学的热情中，表现在对智慧的激情中。

我与你，如果曾经是钦和青，而今就该是芩和卿。

卿，如果你曾向往，你曾在思绪中创造，你曾在心里"排练"过最真挚的对话，你曾在梦里张扬横溢、油然心驰，你就要试试去"马里安巴"，去寻找芩，"唤醒"芩，"找到"芩。

在那个传说相爱的地方，爱情总是一再地发生。卿，你要慢慢"回忆"，回忆你的愿望你的梦，你的期待你的想象，你的语词你的呼唤。当那些袒露一切的对话得以坦然相述的时刻，当那些爱情的印象终于在马里安巴浮现、渐渐清晰如真的时刻，就是过去被创造出来的时刻，就仿佛时间回到了过去——爱情的时间从那一刻开始，又向现在走来。

未来在过去之中。

马里安巴,是所有爱情的旧地,它不在地球上的任何一个地方,它又在地球上每一个恋人的心里。因为爱的战栗已经发生过无数次了,爱的眩晕五光十色,因为专注总是能够穿过空间、超越时间,而呼唤、语词凝聚的是最最属于人的高贵。

专心启程吧,卿,你要相信。你相信,芩就听见,你相信,芩就看见。

那些细节早已写就,那是关于爱的重逢的缩影,每一对寻找之人都适合——

> 相互摸索,颤抖的双手仿佛核对遗忘的秘语
> 相互抚慰,枯槁的身形如同清点丢失的凭据[1]

直到有一天,你我相见——

> 我,就是你遗忘的秘语
> 你,便是我丢失的凭据[2]

试试吧,卿。钦喃喃地在心里对卿说。

---

[1] 引自史铁生《比如摇滚与写作》,《记忆与印象》,北京出版社,2004年版。
[2] 同上。

钦知道，钦与青，却是再也不会重逢了。

曾几何时，钦与青，即使住在一个城市，也会互相写信。等到有一天青远涉重洋，当然更是写信。那些信，青写给钦的，钦保留了四十年。

如果青也一直保留着钦写给青的信，那么当他们重逢时，那些信就将有来也有回，合成一个完整。

可以想象一种浪漫，如果那些信也被青一直保留至今，那么钦与青，如果有一天重逢，他们，他和她，即使岁月改变了面庞，即使一时间甚至认不出彼此，又抑或对得上姓名却对不上脸也对不上步伐，却可以凭那些信，凭着对上的一字一句，而相信对方的存在，而相信：你就是钦，你就是青，而相信：你依然是你，我依然是我。

然而这种浪漫不会发生在钦与青之间。

说来也不寻常，钦给青写信，每写好一封信，都会再抄一遍留一份在身边，从第一封起就这样做。为什么这么做？钦是早就预见到这桩爱情注定要失败，还是知道这个情人注定不会留存自己的信？这种做法简直就是预计了要分手，事先做好了一切准备，准备他会把所有信件丢失，料到他不会看重和保存这些信件……难道是钦早就受到了命运的暗示？

其实钦是有理由的，她是为了在信寄出之后还能够重读这些文字，以想象青读到这些文字时的感受。那么后来，当青走远了的时候，这等于是给自己事先准备了有完整情节的"读物"……

真实发生的是，他们确实分手了，青确实没有保留钦写给他的任何一封信，没有一张纸片，也没有半个信封。

冥冥之中一切都像注定。

四十年之后，钦终于烧掉了那些信，她写给青的，青寄过来的，一去一回的，都烧掉了——这样又恰好烧掉了一个完整，简直像一个"圆满"。那是过去为现在早就准备好了的。

好了，正像那首歌里唱的：

> 我已经变得不再是我
> 可是你却依然是你

不，不，抑或该是反过来：

> 你已经变得不再是你
> 可是我却依然是我

他们之间的秘语已经失效，凭据已经丢失。钦与青，终于走失，永远不会再"重逢"。

从此，如果那个光影斑驳的午后依然挥之不去，那么那个爱情的剪影就肯定不再是钦和青，很可能将是芩和卿。

芩不知道卿是不是曾经的青，卿也不知道芩是不是曾经的钦。他和她在等待，等待"认出"，等待穿越，穿越彼此的屏障，也穿越时间，在爱情的永恒地点"重逢"，再一次启程。

仿佛是重演，必然是重演。重演，就是再来一次，既是向前，也是向后，这不就是"向前的回忆"吗？"重复是一种向前的回忆"，一点也不诡异了。

爱情又来了，爱情总要再来。

有一种爱情总是复活在马里安巴。

27 边界

如果爱情是女人的永恒话题，那么说到边界，是不是某种意义上，男人也可以看作女人的一个边界。

我们是不是企图通过卓丫——卓丫是不是也在以自己的实践——验证性爱的边界，摸索肉体与灵魂的界限，探究一个人的身份可以分离出多少层次？一个人究竟有多少面相，哪些是真的，究竟有没有真正的那个真？抑或无论怎样的爱都不可能脱离肉身，又抑或无论怎样的纯粹肉身之欲望终究还是带着爱欲，带着灵？

想想那些表演吧，不只是大尺度，而且是彻底的、完全的，是带着各种倾向的，是过分的、毫无禁忌的，即使有些时候用了替身演员，即使想到电影的拍摄往往不是连续的，也让非常多的人难以接受。但是依然有非常多的人愿意看，却并不是为了鼓励和满足瞬间的身体欲望。

因为生活的这一隅，隐秘的一面，没有人告诉你怎样做是对的，有多少种可能性，怎样是激励，怎样又是伤害，"正常"的边界在哪里。人们悄悄地去寻找这样的故事，在故事里默默地特意路过关于爱与欲的事件。用自己零星的、隐约的、相似的、很相似的经历拼上去，让"拼图"完成——构成一种解释，一个理解，有时印证，有时否定。面对闻所未闻的各种可能，有人惊讶和疑惑，又抑或被慢慢启蒙，仿佛进入未知的奇境；又有人为自己更加强烈的个人经验寻找行为的"正当性"。

编剧、作家和导演，无非是想象了一种生活，一个男人或女人，一种可能的关系。但实际中的发生，他们并不知道。他们依据经验猜测，用意义完善事件的结构，用解释指导演员表演。

电影应该连续拍摄，就像进入真实的当下。一句话接着另一句话，一个提问跟着一个回答，一个动作紧接下一个动作，一个进攻带来一个反击，一个念头启动下一个念头，一种情绪射出一种表情……在连续的进入中，演员被带入"现场",表演成为体验,成为"真实"。不要舞台演出的那种间离感,不要一场接一场演出的重复"消耗"。在充分酝酿"剧情"之后全身心带入当下,一次性完成连续的"表演",得到的就可能是真的"经验"。

这样的经验是真实的吗?得到的体验与解读是发现还是创造?

在这个意义上,卓丫就像一个探险者。这不是"生活就像在表演",而是"表演就像在生活"。这是不是也可以说,卓丫把表演当作了一种生活方式?不断地扮作他人,在"成为"他人的过程中,发现自己也创造自己?

好像无论在表演中还是生活里,卓丫都在与男人的关系的突破中行进,探索,仿佛男人成了边界。

在很多狭隘的女人那里,她们折射世界的通道是男人。她们会把与男人的关系当作自己的生活方式,热情与厌恶,开心与烦闷,无不体现在这种关系中。她们站在男人的背后,以一模一样的角度,以他注视的方向看世界,以他的激昂为激昂,以他的不屑为不屑,以关注他的关注为关注,以至于以他的兴趣为兴趣……那么她们自己喜欢什么呢,她们当然也喜欢跳舞,喜欢唱歌,喜欢写小说,喜欢做手术,喜欢上讲台,喜欢烹调,喜欢缝纫……但这些喜欢从来不会从爱情里面独立出来,它们只有在爱情中，才会如鱼得水，发扬闪光。

比如孟小冬思考自己与梅兰芳：是为了唱戏，还是为了这个能和我一起唱戏的男人，原来是说不清楚的。[1]

张爱玲写过："面对一个不再爱你的男人，做什么都不妥当。衣着讲究就显得浮夸，衣衫褴褛就是丑陋。沉默使人郁闷，说话令人厌倦。要问外面是否还在下雨，又忍住不说，疑心已经问过了。"张爱玲没说的是，此时这个女人一定也不再爱那个男人了。只有面对一个你已经不再爱的男人，任何刻意才都多余。衣着讲究是为自己，衣衫褴褛又何必，任何话题没等出口就索然，关于天气和下雨的礼貌也不必，最好不说话，可以算作沉默，却不是为了沉默，要是能抽烟，就一根接一根，显得上瘾的样子，这样或许不沉闷，或许有礼貌。一直等到被走过来的别人"打搅"，就舒展地站起身来说再见。

此时没有什么是不妥当，在你不知如何妥当的时刻，可能是遇到了边界。在你坦然悠步的时刻，就是拓展了边界，远离断崖，掉不下去了。一个不爱你的人却可能与你无比相关。一个你不爱的人才是真正与你无关的人。一个你不爱的男人，一个你无感的男人，不在你的视野里，何

---

[1] 引自刘典侠剧本《孟小冬》。

以成边界。

边界的景象各式各样。卓丫的是一种，芩的是一种，俪的也是一种。边界之坍塌，最表面的就是：不是你不爱他了，就是他不爱你了。

那个你不再爱的人，至少是一个你认为已经看完了的人。

如果卓丫的边界是男人，陶尔的边界就是大海。不管是出于某些男人自带的豪迈还是某些女人生就的妄自菲薄，在卓丫看来，作为男人的陶尔，他的做法总是更冒险、更激烈、更真实、更富创造性，他的卓越和阳刚必须有大海的响应，才会深远。大海之无边无际，犹如深奥之深邃无底。

而深奥者，是看不到边的，也看不到底，何况他们还常常戴着面具。

钦，从大学里"遭遇"沉默的夜晚至今，已近半个世纪过去。或许是她老了，失去了荷尔蒙的助力，或许如女友们调侃的"如今是认知的激情击退了身体的欲望……"那些男人——可能深奥的、疑似深奥的男人，她看不见了，却看言辞里的深奥者越来越有血有肉，刚劲生动，跟随他们看边界，真是一派险峻壮美，发聋振聩。

在那些深奥的男人那里，他们的欲望流向了智慧和灵魂的快乐，躯体的快乐被抛在后面。在他们眼里，人生最重大的是力争理解一切事物的本质与灵魂。他们不屑于做一个人的情人，他们的情人是本质和真理。[1]他们的姓名和事迹，停留在已经逝去的人的名单上，以至于停留在古代，以至于必须是言辞中的人。于此，深奥才真为之深奥，才能配得上我们给予的所有不仅深奥而且饱含正义的品质。

如今钦更懂得，当我们恍惚以为在自己的周围出现了疑似者的时候——以为我们遇见了深奥的人、往边界行走的人，当我们自以为看见、理解他们的时候，一定要警醒：这种遇见，有时是幻想，有时是期待，有时是启示，有时是诱惑，万分之一、千万分之一是幸运——幸运几乎不可能。连尼采也说那样的人是罕见之人，所以一般来说，该死了想亲见他们的心。但这不妨碍我们想象他们，在疑似者的身上寻找我们期待的高贵坚韧，把高贵当作最高贵，把坚韧当作最坚韧，把深奥当作最深奥，赋予他们完美。

28 分类法

在俪听过的无数男人的甜言蜜语里，有一句话印象最深："女人若不幸福，男人在这个世界上便没有希望。"说

---

[1] 参见柏拉图《理想国》，王扬译，华夏出版社，2017年版。

这话的男人，该不是仅仅针对某一个女人，这句话，也不该限于狭义的男女性爱，但又的确是性别意义上的。这句话的意思是，他爱女人，他觉得女人就是像水一样的清洁明亮，像水一样温柔无隙，也有水一样的不息强劲，女人就是他的真理，女人就是他的信仰。这固然荒唐，他也知道，但当他这样说，倾其全力缓缓说出的时刻，完全不确定这句话的真正意味，只觉得浑身都是满足，眩晕般的满足。

——好一种爱女人的男人！

难道还有这样一种分类吗，一种称之为"爱女人的男人"？什么叫一个爱女人的男人，难道一个男人与一个女人在一起，不该是因为爱她吗，这怎么成了问题？

确乎有这样一类男人，对女人的爱有点"过头"。比如有甚者居然对怀孕的妻子说，我必须要一个女儿，否则宁肯没有孩子。这不是编的，不是耸人听闻，我真的听过不止一个男人这样说。这话不能当真，却说明着实有一种男人，极端怜惜女人，崇拜女人，信仰女人。这种男人没法给一个定义。这么说吧，反过来说，我们说有一种男人很爱、非常爱女人，还有一种不太一样，不是反面的"不爱"，但可以这样说：不非常爱女人。这后一种，当然不是说他真的不爱，说他虚伪，而是说他不以爱女人作为他的"终极"目的，是说爱女人只是他生命里的一个阶段，是说他真正最关心的事情不是女人，而是他的"光荣与梦想",这是那种与"不爱江山爱美人"大约相反的男人,诸如此类。于是大概可以有这样一个对男人的"新分类":爱女人的和"不爱"女人的?

俪不耐烦地尖刻道:"这个所谓不爱的,就是那种不会为女人去死的男人呗。"——俪,你的脑筋是只有一根吗?除了狭隘的爱情还有什么?俪,你是受宠过头了吧?好吧,我们都没你"幸运",就说爱情,至今没有男人竟要为我们去死的,连念头好像也没有过,这说明我们不足够可爱如你吗?于是大家就笑。俪却若有所思起来,眼前闪出某个男人的影子,倏忽而去。

人都在不自觉地给人群分类,以各种标准,从各种角度。康拉德的角度是讲理的、有教养的与无理性、无教养的,还有的按有信仰的与无信仰的,有的按肤色,有的按聪明与愚蠢,又可分为明白人与不明白人。这些标准有些无法"执行",比如后面两个,不存在判断聪明人和明白人的统一指标。因此这样的分类只是提供了一种看世界的角度,赋予了世界一个区分的秩序,世界自己最根本(作为起点)的结构(分类)是什么(比如植物与动物,比如动能与势能),尚不知道。

但对于人的世界来说,有一个基础分类大约是确定的,就是男人与女人(这里暂不讨论性别流动者)。这个分类最权威，最基础，也最符合现实感受。因其关乎我们的出处，所以我们总是会偏向于相信（不如说更听得进去）从这个分类出发的各种关于男人都怎样，女人都怎样的断言。

比如我们此刻就听到了某个女人不经大脑的断言："没有一个男人会因为一个女人去改变任何东西……这只是女孩子的一厢情愿罢了。"这种关于男人的全称判断，当然是伪命题，可也确实源自并不少见的现实带来的印象。这种女人气的话，女人知道不对也喜欢听，好像只有这样子说才有女人的姿态，才凸显强度。比如俪就喜欢说这样的话来过瘾。这样的话自带晕环，自带惯性和节奏，让你不由自主地跟着走，它越偏执、越极端你就越有快感，也越不自知。这就必然导致种种断言离它原本要表达的普遍"真理"越来越远，越来越离谱。特别是比如在关于否定男人的全称判断里，女人或者剪切自己的经验黏合上去，或者给自己的经历抹上命题的颜色。实际那些漂亮、迷人的断言，尤其是那种铿锵有力的，常常不过是某一个偶然经验的幻象，或者暗含着断言者个人的特定处境和指向。

敏感和警惕的芩意识到，在"没有一个男人会因为一个女人去改变任何东西……"这个命题里暗含了一个重要问题，男人不为女人改变的东西是什么？是梦想吗？

那为什么男人不愿意放弃他们的梦想——他们自己的梦想？必须加上"自己的"，某种谴责的意味才能出来。

症结似乎被找到——男人"自己的"梦想。可谁真正知道别人的梦（想）？

当说到男人的梦想时，一般不会指梦想与一个女人终生相爱，好像这个愿望作为梦想有点不够大。梦想，似乎都超越了个人层面，大都是关于人类，或者关于国家，比如飞向太空，比如创立一个学说，比如证明"费马定理"，比如思索"存在"，诸如此类。

芩的理性还告诉她，说到男人的梦想时，我们不能将他们为自己的梦想等同于他们为自己。或者，至少要谨慎区分，比如一个刻苦练习的小提琴手，你不能说他只是为了成名成家，也不能说他只为自己的癖好。做一个最棒的世界一流的小提琴手，就是他的梦想。由于他的梦想，和梦想的激励，世界上有了一个最棒的、超过之前所有人的小提琴手，这般技艺，称得上是人类的骄傲。这是一个好梦想，为了这个梦想他可能（他想，或者他必须）牺牲了其他很多东西，不单单是比如物质、肉身的享受，也甚至包括了——一个女人！也许这个例子太抽象，省略了每一个个案的很多复杂因素。也许举这个例子不合适，可能应该举一个政治家的例子，一个人对于自己成为一个杰出政治家的梦想与他对城邦的爱和责任，二者简直无法分开？而为此牺牲掉的东西里面，从来不缺女人……（单纯地为自己的肉身与私利，则不在我们题中。）

这样一想，芩开始眩晕，这真的不属于女人思考的范畴。

但是退一步，谁不知道呢，每个明白的女人都知道，女人真正要做的，难道不是也该有自己的梦想吗？无论怎样，改变自己总比让别人改变容易。

由此芩竟想到了关于人群的更多分类法：更爱自己的与更爱梦想的，以及更爱女人（更爱男人）的与更爱自己的……

种种分类法纷至沓来：社会人与家庭人，政治人与非政治人，敏感的与迟钝的，更爱自己的与更爱别人的，勤快的与懒惰的，宽容的与苛刻的，在世者与超脱者，倾向于爱的与倾向于恨的……每一种相异相对的特质都可以构成分类标准？实际上，这些不能形成规范的、非完备划分不能使得人群里每一个人都妥妥进入一个类别，不是因为类别的定义含糊不清，就是有的人简直难以进入任何类别，一种分类与另一种分类之间形成交叉、包含、覆盖……

最严重的是，分类体现等级吗？在进入分类的时候，是不是就是被等级定义了？

芩开始为这种分裂的节奏头疼。

说你们女人……不是偏见吧——我听见一个男人在插话，但是没有听清在说什么，只感觉他好像在笑。

我还是跟着芩的思路，觉得这些分类固然各有各的智慧，但还是先分男女最基本也最客观。因为确实，男人与女人之不同是我们的第一感受，所以必定存在着男人与女人的本质差别，于是也必定存在关于男人和女人的真实的全称判断（无论是全称肯定还是全称否定），当然这种真实（的规律）我们不一定都能发现。而关于亚当和夏娃的记忆，使得这种判断的倾向和愿望经久不息地存在，永远不会被遗忘。这种判断必定藏在日常之中，也必定走得肆意，夸张地大声判断，是人的言辞之尽兴之举，是关于男人和女人的某种粗犷指向，是很美和不很美凸显的轮廓。完全忽略和否定这些判断，既不明智也不可能。

事实是，肯定不真的全称判断在我们的脑子里有很多，日常里我们会情不自禁地引用它们，但实际上又从来不把它们当真。但如果总是要说，常常，不断地说——那是真的不当真吗？

俪说，"该当真时当真，该不当真时不当真"，要说能真正怼得住这思辨的，还就得是俪。

芩又说，再说呢，自己的梦想难道不属于自己吗？那么问题在于梦想所（有意或无意）惠及的范围？（此时芩肯定又想到了某种男人，在芩看来，那种男人的全部生命都献给了惠及城邦与他人的事业……被牺牲的东西……

几乎在所难免。这种男人大约就是所谓深奥的男人之一种吗?看来芩中了"深奥者"这个词的毒。我不知道芩是不是见到过疑似的真人,我只知道,那个男人一定不是卿。)

芩的问题绕出了女人们的脑回路,在场的女人中除了我没人真正理会她。

一时寂静无声。

钦,依旧沿着自己的偏执说:"碰巧的是,'没有一个男人会因为一个女人去改变任何东西……这只是女孩子的一厢情愿罢了。'这样的话,竟然是阿伦特说的;要说谁最配说这话,她肯定是最中之一。"

卓丫呢,也只是沉浸在自己的"狭隘"里,默默心语:"'没有一个男人会因为一个女人去改变任何东西……'这样的话永远不能被证明,但该出海的必然出海。"

这真是又一次证明,铿锵有力自带晕圈。

芩终于意识到自己或许走得有点远了,越出了女人的界限,于是回过神来。

而事实一再是,总是,归根结底惦着陶尔的是女人。如果这个时候有男人在旁边笑,无疑是最最善意的那种怀着对女人的爱的笑。

— 如果梦，如果一个梦在无数个白天里飘荡、回味，又在数年之中挥之不去，那么它们就是我们的经历与过去，它们将以被我们记住的样子成为一束生命印象，进入我们的"身世"，成为我们的"往事"，成为我们生命中当之无愧的一部分，成为我们的骨和肉。

29 希望岛

陶尔又一次"荒谬"出海了,因为,这一次他再也没有回来。

但我不想把他写死,也不想让他荒谬地死或者侥幸地活。他没有死,他很可能在另一个希望岛上写作。

他是主动的,一个人,去了一个荒岛,然后弃船上岸,断了自己的后路。当然贮备了很多能够生活下去的吃穿用度。他好像在模仿基里洛夫[1],但面向不同,他是想看看真实:没有了他人,人究竟怎么活下去?之前所有的人说的写的,都是猜测,就像人们说死后见到了上帝,谁真正见到了呢?

有一种可能是,恐怕只有陀思妥耶夫斯基的基里洛夫见到了。

建筑工程师基里洛夫毕生探索上帝问题,他生命的根本冲动就是"上帝是否存在"。为了验证自己的逻辑:"如

---

[1] 陀思妥耶夫斯基《群魔》中的人物。

果有神,那么一切意志归于他,因而我不能脱离他的意志。如果没有神,那么一切意志归于我,因而我必须表现出一意孤行。"他的推论是,如果他实现了自己意志的最高点——自杀,那不就是证明了没有上帝,也就证明了自己就是上帝?在这种理念的燃烧下,他竟然实在地去施行了自杀。

基里洛夫是第一个纯粹的、完全在本体论意义上寻死的人。不管是自杀见证了没有神抑或证明了自己就是神,基里洛夫最极端地一意孤行了,做了耸人听闻的、仿佛没有上帝似的——有上帝的时候最最不能做的事。基里洛夫的死,究竟是证明了上帝不存在,还是他自己成了上帝,没人知道。他的行为具有某种象征意义,像一种试误,一种探险。作为真正献身形而上学的人,以创造性的动作赴死的人,基里洛夫是走上并越过了边界的人。这个边界的风景是人类第一次看,是由那个走上去的人(基里洛夫)代表人类第一次"看"。就是那个创造了他的陀思妥耶夫斯基,也不知道在死的后面,他究竟看到了什么。可以认为,这个未知,显然也是陀思妥耶夫斯基想要知道的,基里洛夫的冲动,也是陀思妥耶夫斯基的。基里洛夫的迷惑、痛苦与冲动,其实正是陀思妥耶夫斯基自己被上帝问题折磨了一辈子的写照。但是我们也完全可以这样想,那个塑造基里洛夫的陀思妥耶夫斯基,无疑更是一个"实在的"见识过边界的人。创造了边界之人的人,至少是听到了边界消息的人。

尽管基里洛夫是一个言辞中的人，可我相信，人能想象出来的一切，都是真的。

于是，陶尔去了他的"希望岛"。

他在岛上试试写作，看看究竟一个人能不能写作，需要不需要写作。

有人说，其实在人群中才更加孤独——但如果想想鲁滨孙的孤独，就会觉得这说法太矫情。固然所谓真正的孤独来自心灵，然而它的物质形式不可忽略，如果你触不到任何另一个人的身体，摸不着脸，也握不住手，不能说出也不能听见任何人的声音——语言，那么就已经全然具备了人的孤独的要素。

在人群中，哪怕你依偎在陌生人的肩上，得到了虚假的一分钟的慰藉也是慰藉，哪怕周围活着的人的存在本身——哪怕他们不向你发声也不看你，他们中也孕育着摆脱孤独的可能性，只有在人群中，你才能说出：即使在人群中，也还是孤独。

然而鲁滨孙简直都不说孤独，因为孤独就是他本身，对他来说就是存在。对他来说，说出孤独这两个字毫无意义，就像他不需要说"我是人"一样。只有鲁滨孙百分之百具备了孤独的形式和本质。

但是鲁滨孙还是迎来了星期五,我们的陶尔却是到死也没有迎来任何人。

一个到死都被困在荒岛上的人的生活是无法想象的,任何一种想象都是假的,因为没有回返者,陶尔(就像另一个鲁滨孙)永远都不会回来。就像我们无法想象死亡,从古至今,没有任何一个从死亡归来的人。

但我们忍不住想象,就像我们做各种物理化学实验一样,为了证明某种性质,我们必须把比如某些固体想象成刚体[1],它们不会发生任何物理或化学的变化,始终保持我们为其假定的性质,就像我们要排除空气阻力的干扰来计算自由落体一样。我们也要想象一个没有他人的世界——我们被他人干扰得太多太烦了,以至于人类发出了"他人即地狱"的极端诅咒——如果真的没有了他人,我们会怎样生活?还需要写作吗?

真实的鲁滨孙的故事本来是一个偶然的事实,却不是一个理想模型,因为鲁滨孙最后的归来使他的经历仅仅成为一段经历,而不能作为"没有他人"的模型。

一个陶尔,在一个永远的孤岛上——这是一个人文科学实验?——只能在想象中"实现",只能在言辞中完成。由此所得到的,不会是这个想象的结果,而是这个想象本

---

[1] 刚体是指在运动中和受力作用后,形状和大小不变,且内部各点的相对位置不变的物体。绝对的刚体是不存在的。

身所饱含的我们的人性，以及我们对突破的企图，对界限的发现。

可能，陶尔没有带什么非同一般的书，但带了许多书写的纸张和笔，电脑或许会坏掉，他料想电脑坏了的那天，自己很可能仍然活着，所以纸和笔最可靠。他想，他要把他活下去或者不活下去的状态和思想记下来。这是他对岛上生活最有意义的猜想。

但他不能确定的是，如果他"真的"（而不是像现在想象的）发现，再也不可能回到人群中，人们也不会发现他所写的文字，他所认识的任何人都不会读到他写的东西。彻底没有读者，没有他之外的任何一个人，他还会不会有写作的激情？

想起那一次"荒谬"出海，陶尔自认不如卓丫。意识到边界，向边界走，算是创造性的人生吧。但是陶尔知道自己是轻率的、不专注的，他只不过是运气很好。卓丫则不盲目，她知道自己所做的，所以她的勇敢更令人钦佩，虽然不是生死之险。陶尔出海的危险看起来更大，但他不是自觉，其实他认为他必然是侥幸的——吊诡的是，他真的无比侥幸！

现在他要自觉地、勇敢地走进那"实在的"虚无里，一个没有他人、没有希望、没有呼应的"虚无"里。他没有恐惧吗？当然有，但他对未知的恐惧充满了期待，那种恐惧真的是恐惧吗？与其说是恐惧，不如说是随之而来的征服的豪情。在那个虚无里，不是什么都没有，而是充满了未知。想来该是：还有什么比未知更诱人，更能激起创造的热情呢？

那么在岛上，他最怀念的是什么人、什么事？他会再一次笑吗，就像那次上岸时想起了那三个人的笑？如果原先我们会说，那三个人简直匪夷所思，不像这个世界上的人，那么现在，这三个人，倒是实实在在的是我们身边这个世界的人，却不是在陶尔的希望岛上的人。

陶尔很可能会被我们的想象毁掉。不是说吗，作家在言辞中实现，演员在表演中实现，真人在生活中被毁。连尼采也被毁了，疯掉了。所以去希望岛，这不是什么人都能去实践的，实践者必须做好被毁的可能。

基里洛夫是勇敢者，在瞬间被毁，直面被毁，没有过渡，没有妥协。可谁又能说，如今的陶尔就不如基里洛夫勇敢呢？

自从陶尔出海一去不归之后，钦们，却比之前更多地谈论到他。也会偶尔梦见他，并且断定似的一直以为有一天陶尔会忽然降临在她们面前。但我这个写作者，早已决定把陶尔写成一去不复返，肯定到死也不会回来了。只有那样，所谓的"人文科学实验"才是真正意义上的实验。

最想念陶尔的当然应该是卓丫，但梦见陶尔最多的人，却是对梦有某种执着的芩。

30 梦见做梦的陶尔

芩一直相信，上辈子，她是被停在路边的大卡车倒下压死的。从小到大，芩会不断地做一个同样的梦。这个梦里没有场景，也不是画面，更没有人，而单纯是一种感觉，就是被挤压的感觉，力量从前面来，人的身体的每一个缝隙都被挤到了，就像被浇铸在固体里一样，但是不难受，似乎还有一点点快感。梦里并没有汽车，但是知道压在自己上面的就是大卡车，那种斜卧在马路边上的大车——一侧的两个轮胎在马路牙子下面，另一侧的两个轮胎在马路牙子上面，摇摇欲翻车的样子。

因此，每次白天骑车经过这样停放的汽车，芩马上就想起这个梦，觉着车子如果翻下来，倒在自己身上，那种感觉肯定和梦里面的一模一样。而且，不是移动的行进的车，只有这种停放的车，慢慢地倒下来才有那种被挤——慢慢被挤——的快感（？）。当然实际上，她每次都会加快速度远离，生怕骑慢了万一汽车停的重心不稳正好翻下来。如果重现梦境，当然就不是"快感"什么的，而是死亡。

这种感觉的梦小时候做得频繁些，有时候睡前还会期盼做到这样的梦。随着年龄增长，做得越来越少了。偶尔出现一次，早晨起来芩就会对自己说，又来了。好像和一个不可预见的什么见面，由不得自己，但也不期盼。有一点芩知道，这梦是独独属于她的。

如果弗洛伊德们来说，就会说那明明是一个性梦。如果芩在读过弗洛伊德的《梦的解析》之后才做了这样的梦，也会这样认为。但芩是在一张白纸的时候做的这个梦，然后她自己给了解释和认定：上辈子的死。她以为通过梦，知道了自己上一世是怎么死的。

随着时间流逝，随着年龄增长，她对这个梦的问题和解释越来越多。比如，为什么记住了这个梦？——因为老做，做了一次又一次。好吧。下一个问题，为什么联想到死，而不止于（一般的、小的、莫名的）恐惧？——因为感觉到全方位的挤压，全部压住，就是死。好吧，挤压，可竟然是快感为什么？性吗？可能，哪一种倾向的性？好吧，可能是渴望力量，被施与力量。但是记住，无缝隙，这个才是特征。又如果恐惧，恐惧什么？除死之外，还有什么？日常的恐惧，无名的焦虑？

为什么是前一世？说明芩认为有前世？当然，不然呢。何况认为没有前世不如认为有前世。因为认为有前世就意味着认为还有下一世，这样，至少我们这一世的作为，要对下一世负责，一种对这一世的生活抱有善好的要求便会油然而生。

一个梦，就泄露了前一世的存在？把这个完全当成荒唐也可以，不假思索地忽略掉也挺好。事实上，在相当长的时间里，芩并不会想起这个梦，只要不做，就想不起来。但自从儿子死后，她就不断地想起这个梦，似乎认定了关于死的消息，会从梦中得到，或许，此岸与彼岸之桥，竟在梦中。

如果陶尔一去不归，希望岛不就是确凿的彼岸吗？

奇怪也算自然的是，关于陶尔，芩梦见最多的是做梦的陶尔。是说，芩总是梦见陶尔在岛上做梦。自从上了岛，陶尔起先因为百无聊赖，常常琢磨头天晚上的梦，到后来，越来越投入，以至于白天就在为夜晚的梦做着种种设计：期待与欲望都准备好了，回忆与唤起也已经有了方向，只待在夜晚的梦中去"实现"。那梦，是越做越老练，以至于生活颠倒过来了，白天是单独的一个人，在夜的梦里，却是热闹的，有那些曾经在他生命里走过的人，也有梦里创造的新人，有些人竟然不止一次地在梦中出现，就像是新认识的人，渐渐成了熟人。简直可以说，陶尔白天做的是"白日梦"——假梦，夜里做的是真梦，这可真真是梦之生活。

之前我们还担心陶尔没有他人——据说人没有他人是

无法活下去的，即使超人，即使"非"常人也难。现在也有些欣慰了，陶尔在梦中是有他人的，他的他人在梦中。而我们，他人在白天，夜晚却独自进入梦中。无非是换一个时间段而已。但肯定有人反驳说，这是双重标准，一个他人是真的，一个他人是假的。——反驳有效。但不妨碍我们继续这样想象和——理解。

我们以此岸想象着彼岸，想象他们与我们相似或者相反。图尼埃想象鲁滨孙写日志，在一个没有人群的岛上为人群制定宪章和刑法，芩想象陶尔做梦，我想象陶尔写作。钦的逻辑却是，陶尔的人性在他孤身一人的情形下，本该不显现或者不充分抒发的那部分将得到发扬。此前如果偶尔写作，此后则依赖于写作；此前浑浑噩噩地做梦，随意忽略，此后认真"备梦"，专注做梦，终于将梦在生命中的位置提到了前所未有的境界。在陶尔的作品和陶尔的梦里，或可发现人性未知的可能。此岸之人想象彼岸，容易把自己的惯量给彼岸之人，暗暗期待在那里彰显出异样的能量？

好吧，下一个问题是，如今芩梦中的陶尔——"耽于做梦"的陶尔，会是真的吗？俪为芩的说法找到佐证，是那个印第安巫士的话：一个人的"性能量不是用来做爱就是用来做梦，没有其他选择"。俪说，这老巫士的话多么明白，所以芩，你的梦肯定是真的，不然呢？——俪总是有她的直通车，简单又显然，一听就知道是对的，所以就是对的（居然有点像在模仿费曼的思维）。

有一次芩说，在她的梦里，陶尔不再是之前那种在人群中（刻意）我行我素的感觉，而是成了那种所谓"去掉了自我重要性"[1]的人。如果去掉自我重要性确实是最难最有效的节制，那到了荒芜的希望岛上，岂不是可以自然成就了吗？如果只有自己与自己，没有他人，何来"自我重要性"？人进入人群才会获得人的社会性，还是脱离人群才会发现自己的社会性——在此之前并不以为自己需要别人？人需要别人来表现自我的"重要性"吗？逻辑又好像是，离开人群的动作本身，就是开启"去掉自我重要性"的方便之门。这么看来，那希望岛上，可成就的还很不一般呢！

但是很可能，芩的梦是缘于依着自己的一条偏狭思路。自己的前夫，如果可以说他是一个极其富有"自我重要性"的人，那么是不是在"希望岛"上就能去掉那该死的重要性？芩啊，你给他的标签可能不对，俪说。再说了，其实陶尔的行为，究竟是刻意之自我，还是"面具"，大约连卓丫也不知道，钦说。

我们究竟了解陶尔什么呢？先前之所以撮合卓丫与陶尔，就是假定他们有某种同质性，比如他们都具有探索边

---

[1] 参见卡洛斯·卡斯塔尼达《前往伊斯特兰的旅程》，鲁宓译，上海文艺出版社，2011年版。

界的气质,比如他们都敢于信任对方……按照我们常人的逻辑,同质性大概率是产生爱的条件。可是,陶尔还是出走了,这说明他终究是不爱卓丫的,还是,以至于爱情对他来说终究是不够的,或者不是最重要的?怎么好像绕进了芩关于男人的分类法,打住。

31 留言

好吧,还是回到具体的爱。不喜欢抽象的俪把憋了很久的问题说了出来:陶尔出走之前,究竟有没有给卓丫留字?如果丝毫不考虑出走之后卓丫的感受,何以证明对卓丫的爱?

这个好奇心倒是我们每个人都有,那么纸条上会写什么,真希望知道。芩也希望,但只有芩说,不会,一个字也不会。

钦的意思是,应该有。因为,即使不留什么,天长日久,卓丫以及所有朋友都会猜想并相信,陶尔死于海难,也就是认为他死了。但如果他留下了比如文字什么的,说明是刻意为之,大家即使不想接受,也还是会有安慰,并且,在相当长的时间,以至永远都会认为,他没有死,一定在什么地方活着呢。这就是如果有留言,那留言能给卓丫和朋友们的意义。

可能，很可能还活着，这个可能，其实在我们心里，就等于活着。奇迹是相信出来的。

所以，陶尔肯定写了些什么。

设想陶尔出走前给卓丫写了什么，我琢磨了好久，想不出精彩的，于是问女友们，帮我想想，如果陶尔给卓丫留言，告诉她，他将一去不回，他会写什么？

卓，我去希望岛了，鲁滨孙已经回到大陆，希望岛上不能没有人。

——卓丫当然知道希望岛的含义，于是大约知道了此去的意味。

卓，不是不想跟你一起，而是我想试试一个人活，再不试，就来不及了。

——一个人活的重要性竟如此之大，这一世必须一试？

我不是去死，是去一个人活。

——对死的某种"渴望"，卓丫并不是没有感受，好吧，她貌似理解。

我从来不主张自杀的，所以试试离开的另一种方式。
——这是说在希望岛上，就好比死了一样？

你好自为之，我要活在别处了——没有他人的地方。
——终于看到陶尔还是考虑到了卓丫，男人都是这样吗？——怎样？就是到了最后才会想到女人？

我走了，彻底走了。不是因为不爱你，你懂的。
——卓丫多少懂的，但是关于这个（坦率地说就是关于不爱），总是男人比女人懂得多？

你试试找另一个男人在一起吧，先祝福你们。我将永不回返，绝不会叫你尴尬。
——永不，是怕引起尴尬？卓丫竟笑了一下。

这些编造的留言实在是太相似，没有一点精彩可言。女人，即使替男人说话，也尽是女人的视角，陶尔到底怎么想，只有当你是跟他一样的人时，才可能想象。然而，又找不到跟他一样的人，起码视野里没有。既没有真的行为相像的人，比如"荒谬"出走；也没有本质相像的人，比如坦然走上边界。

但不管陶尔写了什么,他终究,还不是等于甩了卓丫,这是卓丫的失败还是我们的失败,是此时写作者的失败还是安东尼奥尼的失败?要到什么程度,才敢说对人的认识超过了一半呢?人的分类,可不止用讲理和有教养与否来区分,(忽略掉女人芩的脑回路吧,)还可以用常人和非常人,非深奥者和深奥者等等。也并不是讲理者就指向深奥者,但非常人肯定不指向非深奥者。

而不管陶尔离开卓丫还是永爱卓丫,安东尼奥尼永远都是成功的,由于他的启动,才有了陶尔与卓丫一段不寻常的关系,这关系在我们常人看来,既神秘又美妙。但我们真的有能力写出他们之间的故事吗?撮合一个男人和一个女人是一种常人的意志,他们的和谐也是我们常人的期待和想象。如果陶尔真的是陶尔,那种"非"常人,那就一定是我们没有能力想象的。似乎"非"常人——深奥的去处,只能是孤岛,一个孤立之处。

一个孤立之处,这个意向让卿想起了他在弗莱堡大学留学期间去过的海德格尔小木屋。似有相似的指向。那个著名的、位于德国南部黑森林托特瑙山上的孤零零的小木屋,很小,只有六米宽,七米长,位于一个很高的山腰处,像一间滑雪小屋,像一个工具房,周围几百米之内没有邻居,远处就是那著名的、茂密的黑森林。据说海德格尔在这里开始了《存在与时间》第一稿的写作。但在今天的卿想来，这不是一间写作室，不是一个家，而是一种隔绝，一种孤世，一个宣言般的场所，一种象征，一种神秘的庇护，一个名副其实的"深奥之屋"。这难道就是海德格尔信中所写的那个"从所有人事的离开与闭关"，那个"完全的外在的隔离"吧，离开与隔离终于以物质的形式呈现了，一间有窗有门的真实房子，住在里面的一个单独的有名有姓的人，以及一部不朽著述的诞生之处。在哲人写作的所有动机和源泉里，这种物质的隔绝和距离带来的"形式"的力量，是不能低估的吗？那件绿色小屋现在成了某种意义的朝圣小屋，越来越凸显象征之力。

忽然一个念头在卿的脑子里闪了一下：正是这个"深奥之屋"挡住了女哲人阿伦特的爱情。不过这个念头没有被芩感应到。此时的芩，只是在想，这个所谓的"深奥之屋"比起陶尔的希望岛，倒是真实存在的，可以找到和看到，得找机会让卿带着去朝拜一次。看样子，现在好像卿也显得有一点"深奥"似的，这竟让芩在当天夜里，再一次梦见了卿。如果，如果真的是"深奥之屋"，如果陶尔之"深奥"之地在希望岛，那么芩的"深奥"之"窥见"就可能在梦里。

32 梦的意志

有时我们会说,好像在梦中,就如同说,好像回到了小时候,重温一种感觉,重现一种氛围。有时我们说好像在梦里,是说,显得很假。那么,还有什么能比梦最真切地告诉我们什么才是"假"的感觉呢？还有,比如一种独特的虚幻感,可能只在梦中出现过,是梦让你对虚幻这个词有了"切身"的体会。

如果你在梦中飞过,从高空向下慢慢降落,你就知道最美妙的是一种控制感,不是失控般地一泻千里,不是无限高速,而是在无垠中的自由升降,随着目光的方向、位置、高度,与其说是飞翔,不如说是随着心的意愿妥妥飘荡。

但芩说她却常常做那种坠落的梦,小时候,大人告诉她每梦见一次坠落就意味着身体的一厘生长,你会因此而长高长大。可到了五十岁,她居然还在做这样的梦。醒来,她就笑对自己解释,大约现在的生长,不在身高,而只在心智了,五十岁了还长心智,或许也并不稀奇。芩不知道,卿对她的感觉,就是总有一种茁壮的、生长的气息在周围,让她显得有力而动人。卿不知道,这很可能是梦在给芩加持。

对执着于梦的芩来说,梦就像她的回忆和过往,那些可以解释的梦，那些带着某些白天逻辑的梦，早就成了她生命的一部分；而那些似乎荒诞不经的梦，则等待着某一天，进入序列，进入"逻辑"，进入芩的生命。

梦，我们不仅会梦见真实生活里发生过的那些人或事，还会梦见那些人和事的衍生，好像是生长，也像是回溯，连着真实，又不真实；会放大或夸张，会扭曲和抹杀，也会若隐若现，扭扭捏捏，有时又突飞猛进，荒诞不经。虽然没有逻辑，甚至也无轨迹，只有现象，只有瞬间。然而却像一束原因，一缕征兆，弥弥漫漫，在白天的某一时刻，忽然凸显清晰起来，在未来的某一天，谜底似的降临。之后，无论你把它当真或当假，它都借此伸进了你的生活，企图以致真的影响你。

对于梦的解释的力量和视野，还是看看那些大人物有多夸张吧。

你看爱因斯坦，他说他曾经在青春期做过一个梦，梦见和朋友一起滑雪橇，"我沿着山坡滑了下去，但我的雪橇滑得越来越快，快得让我认为自己接近了光速。那时，我抬起头来，看到了星空。星光被折射成了我从未看过的颜色。我的心中充满敬畏。不知怎么着，我认识到，自己正在看着我生命中最重要的东西"。正是这个梦——这个经历！——爱因斯坦说，最终启发他发现了相对论。并且，在晚年，他竟然还说："我的整个科学生涯，只不过是对我那场梦境的一再反思。"

再看荣格,在他晚年的回忆录里说,"我所有的著作,我的一切创造性活动,都是来自1912年即差不多五十年前的最初的幻觉和各种梦",幻觉与梦,在荣格的内在生活中,起到了必不可少、不可估量的作用。那些洞察、提醒、恍然或顿悟、意义几乎都来自他对自己身上发生的幻觉与梦的警觉与反思。

一次他梦见自己参加了一个过往名人的灵魂聚会(荣格早在成名之前,在死之前,就知道自己会参加"过往名人的灵魂聚会"),一个戴着卷曲假发的绅士用拉丁文问了他一个很难的问题,结果他因为拉丁文掌握得不纯熟而没有能用拉丁文回答。醒来之后,荣格深感羞耻,情绪低落,立即联想到他正在撰写的著作《潜意识心理学》,于是马上登上火车回家工作,一刻也不再闲逛而浪费光阴。多年以后,荣格对这个梦又有了进一步的理解:那个戴假发的死者,是祖先的灵魂,荣格之所以没能回答问题,是水平尚未至此,而努力写书,正是为了在之后回答问题。先人灵魂的问题寄希望于后世,而答案,将在后续世纪的努力中被得到,将在时间成熟之日达到。

这些大人物的梦,竟是带着使命的。

带着它的使命,还是带着它的意志?带着它的意志,还是带着做梦者的意志?难道不是每一个梦都是我自己亲自做的吗？以我自己的灵与肉？如果不能确定某一个梦是不是自己内心的潜在意志，那是不是竟可以说它是上帝的意志，或者，一种我们尚不能确定的某种外在意志？事实是，梦以它难以忽略的影响，已经不能不是一种意志了！如果一种意志存在，是不是必然就有一种对于意志的意志——对抗或者加持？

其实这样的意志一直都有，我们不是老说吗：好想再梦见一次，或者，再也不想做这样的梦了；当好梦被打断时，还会怪罪那个叫醒我们的人；有时头天晚上做了一个梦，还想在第二天续上……这种种愿望必然带来相应的"努力"——自由地做梦。芩就听到过这样的话："我会做梦了！"——说明有的人的努力竟有了一点成效。

路径好像是，先是"被做梦"，然后理解梦，解释梦，如果相信了某种解释，就产生愿望，期待或避免某种梦，以至于最后愿望化为"行动"，要做"自主"的梦——逻辑通畅。

于是，我们好像找到了对梦负责的可能。对一件事负责，当然不仅是指承担它的后果，更应该指事先的决策定夺。

想想如今的陶尔，不仅在梦之后"理解"梦，更是在梦之前"设计"梦——不再是被做梦。一方面看梦在多大程度上实现了设计，一方面看为什么偏离了设计，理解的方向似乎是那个"偏离"——为什么偏离,重视它还是忽略它?看起来陶尔才是一个真正对梦全盘负责的人。

一个以梦为生的人——因此,必然在彼岸。

而此岸之梦,必然有限,必然缺憾,必然荒诞,必然常常徒劳。如果在之前,那些梦是"阴魂"不散,不是企图动摇你就是妄想坚定你,不是打击你就是激励你,你呢,或者被梦打搅,或者陷入沉溺,要么在幻想中被鼓舞,要么借幻觉而肆意,又或者把梦当作暗示与征兆……那么现在,如今芩的方法很简单:如果显得无解,就直接忽略;如果挥之不去,就让它坦然进驻。

虽然自由地做梦终将停留在言辞的门边,但自由的言辞带着它的思想和智慧,也有它自己的力量,去化梦为真。

那些梦,那些个你至今难以忘怀的梦,那个姑娘,那种歌声,那个叫你羞愧难当的梦,那个宏伟的山谷和那扇梦中的门,那根硕大的羽毛,以及那个早晨的清冽,还有那个夜的无边的沉默和那片阳光下一望无际的葵林[1]……千万不要忘记它们。

如果梦,如果一个梦在无数个白天里飘荡、回味,又在数年之中挥之不去,那么它们就是我们的经历与过去,

---

1 参见史铁生《务虚笔记》,北京出版社,2015年版。

它们将以被我们记住的样子成为一束生命印象，进入我们的"身世"，成为我们的"往事"，成为我们生命中当之无愧的一部分，成为我们的骨和肉。

成为必然的"重复"。

现在，陶尔不再回返，并且很可能还要从我们的文字里走出去，但他走不出我们的记忆，他的故事和朋友，也是我们的朋友和故事。着实，我们的生命里有一个叫陶尔的人走进又走出，我们会怀念他，我们提到陶尔，就会提到卓丫；说到爱情，就会想象钦和青；想到钦和青，就会期待芩和卿。要是妄谈起所有女人，就总是听见俪的观点。

我们会像说到我们那看得见的朋友、摸得着的男友那样，常常说出陶尔这个名字。

33 醒来

如果梦，如果出生是醒来，那么再一次做梦是回返还是新的出生？想到这里，女人伸出手想使劲掐一下自己，却摸到了胸，竟想，这胸，该不是也可以造出男人吗？太可笑，她笑醒了。

如果梦是世界与世界的通道，那么醒来是不是就来到了一个新世界，一个男人出自女人的世界？再掐一下肋骨，这女人肋骨造的男人是不是韧性要好些呢？她开始怀疑自己仍在梦中。

或许陶尔的讯息真的通过芩的梦传了过来，陶尔在他的希望岛上，确实日日做梦。陶尔不会顾及我的愿望，很可能，非常可能，让他活下去的不是原来设想的写作，而是做梦。

做梦之余，他还常常想起作家图尼埃的一段文字，那是作家对希望岛上鲁滨孙的性生活的一个描述，一个曾经令陶尔感到惊艳的段落，他背不出来，但意向非常清晰：

> 鲁滨孙面对着这日后他称之为植物通道的门槛，犹豫了好几天。他一再跑到这株吉阿伊树木前面转来转去，那神态很有些形迹可疑、鬼鬼祟祟的，因为他在草地上像一对黑黑大大分开的大腿的树槎桠之间终于发现了那种暗示。最后，他赤身伏在那被击倒的树上，他两臂紧抱树干，他的生殖器冒险探入两条主枝分开之间的那个小小的长着苔藓的凹洞。一阵幸福昏眩使他迷茫麻木。他半眯着的眼睛只见一片像奶油一样的肉质花卉，在眼前荡漾展开，从倾侧的花冠里发

出令人昏眩的浓重芳香。花微微张开潮润的黏膜，仿佛在热切等待上天的某种赐予，昆虫在天空上懒洋洋地穿飞舞蹈。鲁滨孙是不是人类谱系中返回生命的植物类的源泉的最后一人？……鲁滨孙在想象某种新的人性，每一个人由于这样的人性豪迈地把他的雄性特征或雌性特征生长在他的头上——巨大醒目、色彩斑斓、香气诱人的……性特征。[1]

现在他知道了，那纯粹是纸上谈兵，抑或，是图尼埃（的鲁滨孙）做过的一个梦。

---

[1] 引自米歇尔·图尼埃《礼拜五——太平洋上的灵薄狱》，王道乾译，上海译文出版社，1994年版。